novum 🔲 pro

AF272837

SOPHIE TOMICS

A hinta

novum ▲ pro

Ez a könyv
e-könyvként
is elérhető

www.novumpublishing.hu

© 2024 novum publishing

ISBN 978-3-99146-494-5
Lektor: Sósné Karácsonyi Mária
Borítókép: Sophie Tomics
Borító, tördelés & nyomda:
novum publishing
Logo: Toroplan Kft.
Szerzői fotó: Sophie Tomics

www.novumpublishing.hu

Minden jog fenntartva,
beleértve a mű film,
rádió és televízió, fotómechanikai
kiadását, hanghordozón és elektronikus
adathordozón való forgalmazását,
valamint kivonat megjelentetését, illetve
az utánnyomását is.

Nyomtatva az Európai Unióban
környezetbarát, klór- és savmentes,
fehérített papírra.

Print product with financial
climate contribution
ClimatePartner.com/16547-2311-1001

Tartalomjegyzék

A könyv valós történetet dolgoz fel.
A benne szereplő emberek valós személyek.

„Isten a legnehezebb csatáit a legjobb harcosainak adja!"

(K.T. ajánlásával)

Első fejezet

Újra ott álltunk a régi ház előtt. Csendesen néztük a vadszőlővel benőtt tornácon kacéran ugráló füzikét. Az erdő felől egy ismeretlen alak közeledett. Az idegen összébb húzta magán a kardigánját. Kócos tincsein megcsillant a reggeli nap fénye. Egyenesen felénk tartott. Hosszú sötét szoknyája, világos, fodros inge valószínűtlenül nagy volt rá.

– A házat nézik? – kérdezte, amikor közelebb ért.

Húsz év körüli fiatal lány volt. Mosolygós, nagy, barna szemekkel.

– Igen – feleltem.

– Talán meg akarja venni? – kíváncsiskodott az idegen.

Nem válaszoltam. A lány talán nem is volt kíváncsi a válaszra. Kérés nélkül mesélni kezdett.

– Szép ez a ház... de nem csak szép, szomorú is. Már több mint húsz éve nem laknak benne. – Itt tartott pár másodperc szünetet, majd folytatta: – Néha eljövök ide. Leülök a tornácra, és hallgatom, ahogyan mesélnek a falak. Elidőzöm a kertben. Tavasszal nagyon szép, amikor kinyílnak a tulipánok. Rengeteg fehér tulipán...

– Talán ismerte azokat, akik itt laktak? – vágtam a lány szavába.

– Nem, uram, de édesapám egyszer mesélt róluk. A korom miatt sem ismerhettem volna őket, hiszen nézzen csak rám, alig múltam húsz esztendős.

– Mi a neve az édesapádnak?

– Rado. Rado Milosevic. Itt lakunk, a hegy túloldalán. Talán ismeri?

Nemet intettem. A szívemre mintha kő nehezedett volna. Rado – ismételgettem magamban néhányszor. Rado ezek szerint él és itt van. Most is itt van. Ugyanúgy, mint huszonöt évvel ezelőtt.

– Téged hogy hívnak? – fordultam ismét a lány felé.

– Mira. Mirának hívnak.

9

Néhány perc csend következett. Körbejártam a házat. Végigsimítottam a tornácon felkúszó szőlőt. Az oszlopokról rég lemállott a vakolat. A fa ablaktáblák is megfakultak már. A csendet Szófia törte meg.

– Lemegyek a tóra, úszom egyet.

Elmosolyodtam, halkan mondtam:

– Rendben. Csak meg ne fázz!

Levette a cipőjét. Otthagyta a fűben, s futni kezdett a tó felé.

– Uram, a kisasszony honnan tudja, hogy hol van a tó? – kérdezte Mira, barna szemeit még nagyobbra nyitva. – Nem fog eltévedni?

– Nem fog – motyogtam. – Te Mira, tudod mit jelent a neved?

– Nem, uram.

Mélyen a szemembe nézett, s így folytatta:

– Maga is érzi, hogy milyen szomorú ez a hely? Édesapám mesélt azokról, akik itt laktak. Szerették egymást... de a háború elrontott mindent. Nemcsak a szerelmüket, hanem mindent. Édesapámat is elrontotta. A háború óta nem mosolyog. Édesanyám mesélte, hogy régen sokat nevettek, de mióta apám hazajött a háborúból, nem nevetett többé. Én sosem láttam nevetni.

Leültem a tornácon álló rozoga padra. A lányt figyeltem.

– Boldog vagy itt?– kérdeztem.

– Igen. Szerintem ez a legszebb hely a világon.

– Miért gondolod ezt?

– Nézzen csak szét, uram! – mutatott körbe. – Nézze az óriási hegyeket! A fák méregzöldek, rendíthetetlenül merednek az ég felé. Csend van. Hallgassa csak! Hallani, ahogyan a szél süvít a fák között.

Elhallgatott. Engem nézett. Végül így szólt:

– Hisz Istenben?

– Igen. Már igen.

– Tudja – itt szünetet tartott, sóhajtott egy nagyot, s csak azután folytatta –, azért szeretem ezt a helyet, mert itt van Isten.

Ahogy ezt kimondta, becsukta a szemét.

– Csukja be a szemét maga is, s érezni fogja. Itt egyszer régen biztosan különös dolog történt, mert Isten is szeret itt időzni.

Második fejezet

Hosszú percekig ültünk némán hallgatva. A csendet végül Mira törte meg.

– Maga a fővárosból jött? – fordult felém.

– Miből gondolod, hogy onnan jöttem?

A lány sokadszorra is végignézett rajtam, s elmosolyodott.

– Tudja, uram, olyam módos az öltözéke. Olyan úrias.

– Férjnél vagy?

– Nem, uram. A szüleimmel élek. Az állatokat gondozom, és az édesapámat. Nincsen nekem időm udvaroltatni magamnak.

– Mi szeretnél lenni? – kérdezősködtem tovább.

– Író! – vágta rá Mira gondolkodás nélkül.

– Író? – kérdeztem vissza kissé meglepődve. – S miről írnál?

– Emberekről. Érdekes emberekről, uram.

– De ha nem mész sehova, nem fogsz találkozni érdekes emberekkel.

A lány hangosan kacagni kezdett, s így válaszolt:

– Már hogyne találkoznék! Majd idejönnek, hiszen maga is csak idejött valamiért.

– S miből gondolod, hogy én érdekes ember vagyok?

– A szeméből. A szemébe van írva, uram.

Mira felpattant a padról, kicsit távolabb, az ajtó mellett felemelt egy követ a tornácot fedő járólapok közül. A kő alól kivett egy kopott kulcsot. A zárba illesztette. A vén tölgyfa ajtó kattant egyet, s kitárult.

– Nem akar bejönni? – kérdezte.

– Honnan tudtad, hogy ott van a kulcs?

Mira megrántotta a vállát.

– Csak úgy tudtam! – válaszolta kicsit pimaszul.

Harmadik fejezet

Megálltam a fürdő ajtaja előtt. Pár másodpercig fogtam a kilincset, mielőtt kinyitottam volna az ajtót.

– Kicsit szorul az ajtó, erősen tolja meg! – csacsogta a lány, de a hangja egyre távolabbról szólt...

Hajnalodott. Sophie óvatosan bújt ki a takaró alól. S bár lábujjhegyen lépkedett, az öreg padló így is meg-megcsikordult a léptei alatt.

– Pszt! – szólt rá, mintha értené a padló. – Ne árulj el!

Az ajtóban a zár álmos kattanással adta a tudtára, hogy ő bizony még aludni szeretett volna. Csendesen kinyitotta, s kilépett a tornácra. Az öreg padon összebújva szundítottak a cicák. Nem húzott cipőt. A fű még harmatos volt. Rálépett. Jó érzés töltötte el. A gyermekkorára gondolt, mikor hajnalban Karl bácsikájával kihajtották legelni a bárányokat. Ha tehette, mezítláb indult útnak, Karl bácsi pedig nagy cinkos volt ebben. Jelena bosszúsan kiabált utánuk:

– Karl, az Isten szerelmére! Adj már egy cipőt arra a szegény gyermekre! Mit gondolnak rólunk a faluban az emberek? Azt hiszik majd, hogy nem telik cipőre, vagy ami rosszabb, hogy meg akarjuk fázítani. Meg hát mégiscsak nemesi vér csörgedezik az ereiben. Ó, Karl, legalább a haját kötötted volna össze!

– Ne aggodalmaskodj, Jelena. Nem lesz ennek a csöppségnek semmi baja, ha mezítláb jön a legelőre. A nemesi vér meg nem nézi, hogy van-e rajtunk cipő, vagy sem!

Elmosolyodott a régi emlékeken. Körbenézett: minden aludt. A ház, az udvar, a házat körülölelő hegyek. Minden... a fűszálak, a bokrok, a fák. Futni kezdett. Meg sem állt a tóig. A hajnali nap a sugaraival vörösbe öltöztette a tó vizét. Csodálkozva nézte egy darabig. Olyan, mint egy mesében. Besétált a vízbe, s úszni kezdett. Egyre beljebb, a tó közepe felé. Amikor beért a közepére, felfeküdt a víz tetejére. Könnyűnek és súlytalannak érezte magát. Szeretett így lebegni. Nem gondolt semmire, senkire, s nem érzett semmit sem. Csak lebegett. Néhány perc telt csak el, s megérkezett az első hattyú. Egészen közel úszott hozzá. Néhány másodperc múlva megérkezett a második, a harmadik, a negyedik, s végül az ötödik is. Megszűnt számára a világ. Csak ő létezett, és a hattyúk. Együtt lebegtek a hajnali napfelkeltében. Boldog volt.

– Sophie, gyere ki a vízből, mert megfázol! – kiabáltam a partról.

Ő lemerült a víz alá. Nem akart hallani semmit és senkit, ami megzavarja a nyugalmát.

– Sophie, tudom, hogy hallod! Gyere ki, mert megfázol! – kiállítottam újra.

– Még nem szeretnék – hangzott félig a víz alól a válasz.

– A tó vize alig 15 fokos. Gyere ki, kérlek!

– De nekem jó itt!

– Gyere! – kérleltem egyre türelmetlenebbül.

Lassan a part felé úszott. Hátraszólt kicsit kacéran a hattyúknak, hogy holnap újra jön. A hattyúk, mintha értették volna, kecsesen tartott fejükkel búcsút intettek, s felrepültek a tó vizéről. Néhány másodperccel később már el is tűntek a hajnali égbolton.

– Honnan tudtad, hogy itt vagyok? – kérdezte, miközben egy vastag takarót tekertem köré.

– Nem volt nehéz dolgom. Vagy a szakadék szélén ülsz, vagy lejössz a tóra úszni. Egyiket sem szeretem. Az egyikbe beleeshetsz, a másikba belefulladhatsz. De ha van egy kis szerencsénk, akkor csak megfázol.

– A vízben sosem fázom, de itt kint nagyon hideg van. Nem mehetnék vissza? – kérlelt.

– Irány a ház! Még cipőt sem hoztál!

– Minek a cipő? Vedd le te is a tiedet, és próbáld csak ki, milyen jó a reggeli füvön sétálni.

Összeráncoltam a szemöldököm, s így szóltam:

– Nagyon szép cipőket vettem neked. Igazán boldoggá tennél azzal, ha hordanál is néhányat belőlük. S igazán boldoggá tennél még azzal is, ha nem szöknél ki minden reggel a házból. Szeretnék úgy ébredni, hogy ott vagy mellettem. A mondandóm befejeztével szorosabbra húztam a takarót körülötte.

– De a tó olyan hívogató! Szeretem a tavat! Láttad a hattyúimat, milyen közel úsznak már hozzám?! Szeretném egy napon megérinteni őket.

– A hattyú agresszív állat. Nem kellene közöttük úsznod, nehogy baj legyen belőle.

– Nem közöttük úszom, hanem velük együtt. Ők a barátaim. Sosem bántanának! – motyogta halkan.

– Nagy megnyugvás lenne számomra, ha az emberekkel barátkoznál inkább.

– Az emberekkel! – csattant fel Sophie. – Na, azt már nem! Nem szeretem az embereket! Gonoszak, önzők, és rettenetesen buták! – kiáltotta, s elkezdett futni a ház felé. – Ja, és nem szököm! Egyszerűen csak kisétálok – tette hozzá. – Nem tudtam, hogy el kell kéredzkednem, ha úszni szeretnék.

Határozott léptekkel követtem.

– Féltelek. A víz nagyon hideg. Nem szeretném, ha beteg lennél. Gyere, készítek neked egy forró fürdőt, attól majd átmelegszel. Később pedig reggelizhetnénk.

– A fürdő jó, de reggelit nem kérek.

– Négy napja vagyok itthon, azóta egy falatot sem ettél. Enned kell valamit. Nem szeretem, ha napokig nem eszel.

Vacogva állt a fürdőben, s nézte, ahogyan a nagy réz fürdőkád lassan megtelik vízzel. Azt hiszem, a fürdőt szerette a legjobban a házban. Bekeretezve minden oldala girbe-gurba padlókkal, s közte a kövek lomhán sorakoznak. A földön hatalmas gránitlapok hevertek csipkézett szélekkel. Úgy tűnt, mintha már legalább kétszáz éve épült volna.

– Vajon óriások hozták ide ezeket a köveket? – kérdezte, miközben a ruhájáról lecsöpögő víz alkotta kis tócsában rajzolni kezdett a lábujjával.

– Miféle köveket? – kérdeztem, miközben fürdőolajat csepegtettem a vízbe.

– Hát ezeket, amik itt a földön vannak.

– A köveket én hoztam, nem az óriások. De letekerem az orrodat... legalább papucsot húzhattál volna. Lilára fagynak a lábujjaid a kövön!

Hosszasan nézett rám.

– Kész a víz! Gyere! – szóltam.

– Te milyen magas vagy?– kérdezte.

– 214 centiméter. Akkor most mi lesz a fürdéssel? Fagyoskodsz tovább még a kövön egy darabig, vagy... – mutattam a kád felé.

– Ha ilyen magas vagy, akkor elmehetnél óriásnak. Akkor elmondhatnánk, hogy mégis csak óriások hozták ide a köveket. Vagyis csak egy.

Mosolyogva álltam, s a kád felé mutattam.

– Megyek már, de menj ki, kérlek, míg levetkőzöm – s mire a mondat végére ért, már egyedül ácsorgott a csuromvizes kövön.

A fürdővíz meleg volt. Hosszú percekbe telt, míg átmelegedett minden porcikája. Mert hát bárhogyan is tagadta, hideg volt a tó vize. Durcás hangon kiabált ki a fürdőszobából:

– Nem szereted, ha elmegyek úszni! Nem szereted, ha mezítláb vagyok! Azt sem szereted, ha nem eszem! Van olyan dolog, amit esetleg szeretsz bennem?!

Fülelt egy darabig. Válasz nem érkezett. Így is jó. Megrántotta a vállát. Elmerült a jó meleg vízben. Becsukta a szemét. Már nem fázott. A lépteim zajára lett figyelmes. Beléptem a fürdőbe. Egyik kezemben egy széket, a másikban egy tálcát cipeltem. Odaraktam a széket a kád mellé. Leültem.

– Szeretem a gyönyörű, hosszú, göndör vörös hajadat, a puha bőrödet. Az illatodat. Azt, ahogyan levegőt veszel. Szeretem a görbe ujjaidat. Szeretem, amikor nevetsz. Szeretem, amikor komoly vagy. Szeretem veled a mókázást. Szeretem, ahogyan önfeledten szaladgálsz a domboldalon, mint egy gyermek. Szeretem a fázós, jéghideg lábaidat. A kócos, aranyló tincseidet. Szeretem, amikor összefonod a hajad, s szeretem, amikor kiengedve a válladra omlik. Szeretem, amikor éjjel hozzám simulva alszol. Sokszor nézlek alvás közben. Nyugodt vagy, s nincs benned félelem, mint napközben. Mindennap hálát adok Istennek, hogy az utamba sodort téged... Szeretem a nagy, szomorú, zöld szemeidet. Mindent szeretek benned. Mindent, ami te vagy. A félelmet, a szorongást, a mérhetetlen fájdalmat, a boldogságot, a nevetést... mindent, ami belőled van. De legjobban az őszinteségedet szeretem.

A mondat végeztével hosszú percekig tartó csend következett. A csendet végül én törtem meg:

– Sonkát? – kérdeztem.

– Nem, köszönöm.

– Miért?

– Mert diszóból van.

– Értem. Tojást?

– Nem, köszönöm.

– Miért? Mert tyúkból van?

– Nem. Azért, mert nem szeretem.

– Sajtot?

– Nem, nem! – rázta a fejét.

– Nem tehénből van, hanem a tejből, amit ad.

– Nem.

– Akkor mit ennél?

– Málna van? – kérdezte.

– Van.

– Pisztráng?

– Szárított.

– Akkor azt szeretnék. Halat málnával.

– Biztos?

– Igen – hangzott a határozott válasz.

Pár perc múlva visszaültem a kád melletti székre egy adag szárított hal és málna társaságában. Reggeliztünk.

– Elnézést, uram! Rosszul van? – fogta meg Mira a vállamat. A fürdő ajtajához támaszkodtam. – Miért nézi azt az öreg kádat olyan meredten? Talán szellemet lát? – kérdezte kuncogva.

Nagy, mosolygós, barna szemeivel szeretett volna belelátni a gondolataimba.

– Szellemet? – kérdeztem vissza. – Nem, dehogy, csak eszembe jutott valami. Valami, ami régen történt. Azt mondtad, írni szeretnél?

– Igen, uram! Írni szeretnék – válaszolta Mira határozottan.

– Egyszer egy idős tanárember azt mondta nekem, hogy éljen bármilyen izgalmasan, az ember életének története úgyis elfér pár darab papírlapon. Teszünk egy próbát? Elmesélem neked életem történetét, s ha van kedved, megírod.

A lány bement a szobába, s egy füzet és egy toll társaságában tért vissza. Elkerekedett a szemem.

– Honnan tudtad, hogy ott van a toll és a füzet?

– Honnan tudtam volna, uram? Hát én tettem oda. Ide szoktam elszökni írni. Itt senki nem zavar.

Kimentünk a tornácra. A nap derűsen sütött. Végignéztem még egyszer a házon. A füzike még mindig ott ugrált. Bozontos, öreg kutya közeledett a hegy túloldala felől.

– Ő a kutyám, Bonzó! – mutatott Mira a közeledő jószágra.

Visszaültünk mind a ketten a rozoga padra. Én mesélni, Mira pedig írni kezdett.

Negyedik fejezet

1977 telén járunk. Kemény, hideg tél van. Gyakran süllyed a hőmérséklet mínusz húsz fok alá. Hónapok óta nem voltam itthon. Kicsit megremegett a kezem az ajtó kilincsén, amikor benyitottam. A szobában csendes és békés volt minden. Anyám az ablaknál ülve olvasott, apám a pipáját tömte éppen. Beteg, rossz lábaival hirtelen ott termett előttem, s már invitált is, hogy üljek oda a tűz mellé. Anyám félretette a könyvet, s kalácsot hozott a konyhából. Apám ezer kérdést intézett felém. Órákig tartott míg mindet megválaszoltam. De egyszer csak elfogytak a kérdések, a válaszok, s a jóleső nyugalom telepedett a lelkünkre.

– Jó, hogy hazajöttél, fiam – mormolta apám alig hallhatóan, a fogai között. Kemény, büszke ember volt. Én voltam az egyetlen gyermekük. Minden pénzüket az én taníttatásomra fordították. Szerettem volna, ha egy napon büszke lenne rám, de az élet máshogyan alakította a sorsomat.

– Reggelre kicsit megenyhül az idő. Pihend ki magad. Holnap korán indulunk – mondta apám, s egy vastag takarót rakott az ágyam végére, arra az esetre, ha fáznék az éjjel.

Sokáig bámultam a mennyezetet. A másnapi útra gondoltam. Végül elfújtam a gyertyát, s mély álomba merültem.

Apám megérzései az időjárást illetően tévesnek bizonyultak. Reggel, amikor ránéztem az ajtó melletti hőmérőre, mínusz 25 fokot mutatott. Az öreg Zastava ötödik-hatodik próbálkozásra, köhögve indult csak be. Anyám e szavak kíséretében engedett utunkra bennünket:

– Csak óvatosan Lily-Rose-zal! Még a végén elcsavarja a fejeteket! – mosolygott, s búcsút intett. Felvette az ajtó mellé készített kosár fát, s visszament a házba. Nem értettem anyám szavait. Hogyan csavarhatná el Lily-Rose a fejünket, hiszen tudomásom szerint 60 éves. Talán választhattunk volna alkalmasabb időt az utazásra, de apám ma akart menni. S ha apám a fejébe vett valamit, annak úgy kellett lennie. Márpedig ő úgy akarta, hogy ma utazzunk.

– Nem szeretnétek visszaköltözni a fővárosba? – kérdeztem apámtól.

– Édesanyád szereti a vidéki életet, meg hát én is megszoktam már, hogy együtt vagyunk. Kettesben. Bár, most nem meszsze tőlünk építeni kezdtek egy házat. Rendes népeknek tűnnek. Van egy fiuk. Olyanforma, mint te – nézett rám.

Az út hátralévő részében apám az iskoláról kérdezett. Igyekeztem mindenre pontos választ adni, de gondolatban már máshol jártam. Anyám szavai motoszkáltak a fejemben: „Csak óvatosan Lily-Rose-zal! Még a végén elcsavarja a fejeteket!"

Sokat hallottam Lily-Rose-ról, de személyesen még soha nem találkoztam vele. Apám és anyám házasságát a szüleik intézték. Gyerekkorukban megállapodtak róla. Apám katona lett, anyám tanitónő, s bár nem szerelmi házasság volt, soha nem láttam boldogtalannak őket. Apám kemény volt, sokszor durva, de mindig igazságos. Anyám csendes, finom, halk szavú teremtés. Nem hagyta el a száját soha egyetlen hangos szó sem. De ha Lily-Rose került szóba, érződött némi feszültség közöttük. De akárhogy is szerettem volna megtudni a feszültség okát, nem beszéltek róla. Néhány felszínes információt ugyan megosztott velem apám, de az évek folyamán arra gondosan figyelt, hogy véletlenül se tudjam kibogozni a történetet. Megtudtam, hogy Lily-Rose egy francia katonatiszt és egy szerb nő gyermeke. Soha nem ismerte meg az édesapját, mert az a kislány születése után nem sokkal visszautazott Franciaországba. Többé nem hallottak róla. A kis Rose táncolni tanult, s bár a táncban nagyon sikeres volt, a magánéletében semmi sem alakult úgy, ahogyan szerette volna. Soha nem tudott az édesapjának megbocsájtani. Képtelen volt megbízni a férfiakban. Rögeszméjévé vált, hogy akit szeret, az el is fogja hagyni. Később ettől való félelmében ő maga „szabadult meg" tőlük, s így elkerülhette az elhagyatottsággal járó végtelen fájdalmat.

– Lily-Rose tényleg megmérgezte a férjeit? – fordultam apám felé. Ő mereven az utat nézte. Foghegyről válaszolt.

– Igen.

– Mind a négyet?

– Igen.

– De hogyan? S hogyhogy nem derült ki? Miért nem zárták börtönbe?

– Okos asszony – jelentette ki apám, s alig láthatóan elmosolyodott.

– Jó ötlet vendégségbe menni hozzá? – kérdeztem.

– Igen.

– De miért megyünk? Mi ez a nagy titkolózás?

– Nincs titok! Majd mindent megtudsz a maga idejében. Egyébként nem Lily-Rose-hoz megyünk, hanem Karlhoz, csak Lily-Rose is ott lakik. Karl bácsikádhoz megyünk. Ma meg kell ismerkedned valakivel.

– Kivel? – kérdeztem vissza.

– A jövendőbeliddel.

Elnevettem magam.

– Édesapám, nem szeretném megbántani, de akár vissza is fordulhatunk. Én nem fogok megnősülni soha. Meg hát ha nősülésre adnám is egyszer a fejemet, higgye el, tudnék egyedül is választani.

– Majd én azt tudom – mondta apám ridegen.

Már nem csak Lily-Rose körül forogtak a gondolataim, hanem a nősülés is ott motoszkált a fejemben. Nem akarok én nősülni. Sem most, sem később.

– Lily-Rose. Milyen furcsa név! Vajon ki választotta neki ezt a nevet? – kérdeztem.

– Én – válaszolt apám.

Meglepődtem. Rám pillantott.

– Lily-Rose-t Josephinnek hívják eredetileg. Én neveztem el őt így a liliomok és rózsák után. Azok után a liliomok és rózsák után, amiket én küldtem neki.

Apámat néztem. Nem értettem. Karl édesapám legjobb barátja. Együtt töltötték a katonaéveiket. Lily-Rose Karl feleségének az édesanyja volt. Miért vett virágokat apám Jelena édesanyjának? Apám nagyot sóhajtott. Néhány másodpercig a semmibe révedt.

– Vezessek én? – kérdeztem.

– Nem, fiam! A te jogosítványodon még meg sem száradt a pecsét! Csúszik az út, majd én vezetek – válaszolta sietősen.

– Nem szeretné elmesélni?

Nagyot sóhajtott.

– Talán jobb lenne – hangzott a számomra meglepő válasz. – Lily-Rose volt életem szerelme. A nő! A minden! Akiért mindent odaadtam volna. Karl az esküvőjén mutatta be nekem őt, ahova egyedül mentem, mert édesanyád már várandós volt veled. Pár héttel később születtél. Rövid, de viharos szerelem fűzött hozzá a nagy korkülönbség ellenére is.

– Mennyire volt nagy ez a különbség?

– Húsz év! Húsz év! – ismételgette apám. – Mi ez a húsz év?! Egyetlen pillantásával levett a lábamról.

– Meddig tartott?

– Még mindig tart – jelentette ki.

– Édesanyám? Ő mit gondol erről?

– Édesanyád... édesanyád mindent tud.

Csend következett. Hosszú percekig tartó, kínos csend.

– Te most a szeretődhöz viszel engem? – fordultam felháborodottan apám felé. Fel sem tűnt neki, hogy dühömben nem magáztam. Rám nézett.

– Nem, fiam. Nem a szeretőmhöz, hanem a szerelmemhez.

Dühös voltam apámra; úgy éreztem, elárulta édesanyámat. De a dühömnél erősebb volt a kíváncsiságom.

– Mondd tovább! – kérleltem.

– Mint már mondtam, rövid és viharos szerelem fűzött Lily-Rose-hoz. Nagyon különös nő. Magához húz, s a következő pillanatban már el is taszít. Soha nem tudtam, mit gondol, mit érez, mit szeretne. Megőrültem érte. Nem érdekelt semmi, semmi a világon, csak azok a szenvedélyes, őrült órák, amiket együtt tölthettünk. Apám mindig azt mondta, hogy a hirtelen jött szerelemből gyógyulunk ki a legnehezebben. Milyen igaza volt... Megszülettél, Lily-Rose pedig kiadta az utamat. Azt mondta, egy apának az a dolga, hogy gondoskodjon a családjáról. Nem tudott volna velem maradni, ha elhagyom a gyermekemet, mert őt is elhagyta az édesapja. Belehaltam. Mindennap százszor. S tettem, amit kellett. Védtem a hazámat, gondoskodtam a feleségemről és a fiamról. De a lelkem halott volt, s a szívem megkeményedett. Minden második héten virágot küldök neki. Liliomot és rózsát. Töveset. Ő pedig elülteti őket... A nyáron írt nekem levelet. Egy fotó volt benne a kertjéről.

Apám benyúlt a kabátja belső zsebébe, s előhúzta a képet. A kezembe adta.

– Szép kert! – mondtam kicsit zavarodottan a képet bámulva. Megfordítottam, s akkor láttam csak meg az írást a fotó hátulján:

„Itt örökre együtt lehetünk!
Lily-Rose"

– Hány éve tart?
– 16.
– Azóta nem is találkoztál vele?
– Nem.

Ötödik fejezet

Az út hátralévő részében csendben ültünk. Apám az emlékéibe révedt, én pedig arra gondoltam, hogy engem aztán egyetlen nő sem fog így megbolondítani. Már sötét volt, amikor Karl bácsi házához értünk. Az egésznapos utazás után fáradt voltam és éhes. Apám kettőt kopogtatott a vas ajtókopogtatón. Bentről hívogató fény szűrődött ki. Valaki kikiabált, hogy „szabad". Benyitottunk. Jó meleg volt odabent. Egy kedves nő sietett elénk. Elvette a kabátjainkat, s hellyel kínált bennünket.

– Gyertek beljebb! Melegedjetek meg! Készítettem vacsorát. Meséljetek, drágáim, milyen utatok volt? Karl is mindjárt megérkezik.

– Jelena vagyok – fordult felém a nő. – Mi még nem ismerjük egymást. Szép szál legény lett a fiadból, Milos! – fordult apám felé.

Végignéztem a nőn. Mosolygós, nagy, barna szemei voltak. Derű és kedvesség áradt belőle. Barna bársonyruháján megakadt a szemem. Nagyon szép volt. Hosszú, göndör, mogyoróbarna haja a derekáig ért. Ki tudja, meddig néztem volna Jelenát, ha apám nem löki meg hátulról a vállam.

– Menjünk beljebb, fiam! Ha már ilyen szívesen invitálnak.

A szoba sarkában kályha duruzsolt. Ontotta magából a meleget. Az asztalon tálalva a vacsora… s akkor, akkor megpillantottam őt. Ott állt az ablak mellett. Háttal nekünk. Nem is tudom, mit nézett odakint, hiszen sötét volt. Lassan megfordult. Apámat nézte, majd engem mért végig. Elindult felénk. Mintha nem is a földön járt volna. Könnyű léptei alatt meg sem reccsent az öreg fapadló. Soha nem láttam még ilyen szép nőt. Hosszú, vékony lábairól nem tudtam levenni a szemem. Magas volt, karcsú derekú, aranylóan vörös haja leért a fenekéig. Meredten néztem a szoknyája alól kikandikáló alsószoknya csipkéjét. Nem tudtam betelni a látvánnyal. Nagy, szomorú, zöld szemeivel rám nézett. Kecsesen felém nyújtotta a kezét, s így szólt:

– Örülök, hogy megismerhettem, fiatalember, Josephine Visnic vagyok.

Nem tudtam megszólalni. Bambán bámulva álltam hosszú másodperceken keresztül. Elvesztem a tekintetében. Nem értettem, hogy mi történik. Ő nem lehet Lily-Rose. Hiszen ő egy fiatal, gyönyörű nő. Negyvenéves se lehet. Még közelebb lépett. Jázminillata volt. Becsuktam a szemem. Megszűnt a világ. Hirtelen megértettem apámat.

– Talán nem tud beszélni? – szorította meg Lily-Rose a kezemet.

– Elnézést, hölgyem. Gorán Tomic vagyok – mutatkoztam be.

– Tud táncolni, fiatalember?

– Azt hiszem – makogtam alig hallhatóan.

Odavezetett a szoba közepére. A lemezjátszóból recsegve szólt Edit Piaf La boheme című dala. A derekára tettem a kezem, s táncolni kezdtünk.

A varázslatot Karl bácsi léptei törték meg. Jelena elé sietett. Elvette az ő kabátját is. Megsimogatta az arcát, jelezve, hogy örül a hazatérésének.

– A vendégek? – kérdezte Karl.

– Már itt vannak – mutatott Jelena a szoba felé.

– Elkéstem?

– Nem, pont jókor érkeztél.

Karl bácsi belépett a szobába, s egy kockás plédet tartott a kezében. A plédben nyüszített valaki. Talán őzikét talált – gondoltam magamban. Lily-Rose elengedte a kezemet, s ő is a kis csomag felé fordult. Karl letette a földre, a kályha elé a takarót. Kibontotta. A pléd nem egy őzikét rejtett, hanem egy kislányt. Egy vörös, kócos, kopott ruhás, sovány, nyöszörgő kislányt. Lily-Rose közelebb lépett hozzá. Hosszasan nézegette, majd így szólt:

– Olyan mifélénk! – s elmosolyodott.

Miután átmelegedtek az újonnan érkezők, mi férfiak asztalhoz ültünk. Karl italt töltött, s beszélgetni kezdtünk. A hölgyek eltűntek. Már félóra is eltelt, mire előkerültek a szomszéd szobából. Jelena visszatette a kis csomagot a kályha elé. Rápillantottam. Nyoma sem volt már a szakadt ruhás, kócos kislánynak. Sötétkék ruhácskát adtak rá, vörös kis haját gondosan összefonták, s szalagot kötöttek bele. A kislány nem figyelt senkire sem, csak a maciját szorongatta.

– Ő kicsoda? – tettem fel a kérdést vacsora közben a kislány felé mutatva.

Karl rám nézett:

– Ő Sophie.

– Találtad valahol? – kérdeztem.

Mindenki nevetett. A kislány megijedt és sírni kezdett. Lily-Rose odament hozzá. Felvette, az ölébe ültette, s addig énekelt neki, míg mély álomba nem merült. Szívesen hallgattam volna még Lily-Rose csilingelő hangját, de ahogy elaludt a kislány, abbamaradt az éneklés is. Apámra nézett, majd rám. Karl ismét italt töltött. Felemeltük a poharakat, koccintottunk, majd így szóltak:

– A házasságra!

Miután sokadjára is kiürültek a poharak, a bátorságom is több lett, apámhoz fordultam.

– Jó, jó, de ki nősül, édesapám? Milyen házasságra iszunk már órák óta?

– A tiedre fiam. A tiedre és Sophie-éra.

– Tessék? – hüledeztem.

– Megvárod, míg kicsit nagyobb lesz, és feleségül veszed. Ahogyan illik errefelé! – Itt a poharak megint a magasba emelkedtek.

Én pedig értetlenül ültem ott, s százszor megfogadtam magamnak, hogy én azt a kis kócos, nyüszítő, taknyos orrú kislányt soha el nem veszem.

Hatodik fejezet

Az évek teltek. Messzire kerültem. Kilencéves korában láttam utoljára Sophie-t. Lily-Rose váratlanul meghalt. Nem volt beteg. Egy tavaszi nap délelőttjén kiült a kertjébe, s a lábára terítette kedvenc horgolt takaróját.

– Mikor jön a kertész metszeni a rózsákat? – kérdezte Jelena felé fordulva, aki a gyepet gereblyézte.

– Ebéd utánra ígérkezett.

– Mondd meg neki, kérlek, hogy ha végzett a rózsákkal, cserélje ki a kis Sophie hintáján a kötelet. Eléggé megette már az idő, nem szeretném, ha elszakadna.

– Mondd meg neki te! – incselkedett Jelena. – Hiszen úgyis odavan érted.

– Attól tartok, ezt most nem tehetem meg – mondta olyan halkan, hogy Jelena nem is hallotta.

Végignézett imádott kertjén, majd Sophie-t figyelte, aki a szomszéd kislánnyal a tulipános ágyásoknál játszott. Nagy szerencse, hogy hét évvel ezelőtt Karl idehozta. A görbe kis lábait figyelte. Eszébe jutott, amikor még balettórákra járt kislánykorában. Pontosan ilyen görbe lába volt neki is. Az öreg hölgy, aki az órát tartotta, megsimogatta a fejét, majd így szólt: „Egy napon reményeim szerint ünnepelt balett-táncos leszel. Csak ne lenne ilyen kusza, görbe kis lábad". A jövendölés igaznak bizonyult: Josephine ünnepelt balett-táncos lett... A kis Sophie-nak ugyanolyan görbe lábai voltak. Aranyló vörös haját is tőle örökölte. Intett a kislánynak, hogy menjen oda hozzá. A kislány ugrálva közeledett. Odaült Josephine mellé a padra. Ahogy elhelyezkedett, az öreg Simo odatette bozontos fejét az ölébe. Josephine először a kutyus fejét simogatta meg, majd a kislányhoz fordult.

– Szép vagy, Sophie. Kicsit kicsi, kicsit sovány, de nagyon szép. Azt szeretném, ha nagyon vigyáznál magadra.

– Minek vigyáznék én magamra, néni, hiszen itt van Simo, aki vigyáz rám. Egy lépést sem tudok tenni nélküle. Ha a kertben vagyok, ott ül mellettem. Ha hintázni megyek, ott fekszik a hinta mellett. Még az ágyba is befekszik mellém. Jelena veszekedett is vele, de akkor sem mászott ki onnan. Mondta, hogy a szobában maradhat, de feküdjön a szőnyegre.

Josephine megsimogatta a kislány arcát.

– Meg kell tanulnod vigyázni magadra, mert Simo nem lesz mindig itt veled. Látod, milyen öreg. Már megőszült az orrocskáján a szőr. Én sem leszek mindig itt veled... Szereted ezt a kertet?

– Igen, néni.

– Melyik a kedvenc virágod?

– A tulipán.

– A tulipán? Milyen színű tulipán?

– A fehér.

– A fehér? Tudtad, hogy a fehér tulipán az élet és a tökéletes szerelem jelképe?

– A piros?

– A piros a mély érzelmeket és a szenvedélyes, tüzes szerelmet jelképezi.

– A rózsaszín?

– A gyengéd szelíd érzelmeket.

– A sárga?

– A szomorúságot.

– A kék?

– Honnan tudod, hogy van kék tulipán?

A kislány megvonta a vállát, és így válaszolt:

– Csak úgy tudom.

– A kék tulipán a magas hegyekben virágzik, de csak néhány napig. Aki meglátja, azt nagy szerencse éri az életben.

– A múltkor Karl bácsival sétálni voltunk. Fent a hegyen. Láttunk kék tulipánt. Akkor most Karl bácsi szerencsés lesz, meg Simo is? Mert Simo talált rá.

Josephine elmosolyodott.

– A te kedvenc fehér tulipánod a tisztaságot, az őszintesé-
get és a nyílt beszédet is jelképezi. Tudod, kicsim, fontos, hogy
az ember az életében tiszta maradjon, őszinte, és mindig min-
den helyzetben nyílt szívvel tudjon beszélni. Boldog vagy itt?

– Igen, néni.

– Szerinted mi a boldogság, Sophie?

– Hát mi lenne... A hintám, amit Karl bácsi az öreg diófára
kötözött. Simo... amikor bozontos szőrével megcsiklandozza az
arcomat. Vagy amikor halljuk közeledni Jelena lépteit, elbújunk
a takaró alá, s a nedves orrát odanyomja a kezembe. Nézz kö-
rül, néni! A kert, a kert is boldogság. A tündérek, akik a fákon
és a virágokon laknak. Itt minden boldogság.

Josephine mosolyogva nézte a kislányt.

– Egy napon majd el kell menned innen...

– Nem, nem, néni! – vágott a szavába a kislány. – Én nem
megyek el innen soha. Jó itt nekem. Itt fogunk lakni Simóval
örökké. Itt megvan mindenünk.

– De tudod, jön majd egyszer egy fiatalember, aki szépeket
mond, virágot hoz, megkéri a kezedet, és elmész vele.

– Ugyan már, néni! Virágot, ide? Szerintem nekünk van a
legtöbb virágunk a Földön! Meg hát Jelena is szokott szépeket
mondani azért, hogy megegyem a főzeléket. Nem, nem. Nem
hiszek én a szép beszédnek.

– Mindenki életében jön valaki, aki miatt hátrahagyunk
mindent. Minden olyat, ami addig fontos volt számunkra, és
elmegyünk vele...

– De te mégis itt vagy! – vágott vissza Sophie.

– Igen kicsim, én itt vagyok. Mert én gyáva voltam. Szeret-
nék mondani neked egy nagyon fontos dolgot. Figyelsz rám?

– Persze, néni.

– Csak az a férfi lesz méltó a szerelmedre, aki tisztelni fog
téged. A többit ne engedd magadhoz közel.

– Nem értem, amit mondasz, néni.

– Nem baj, kicsim, majd megérted. Most menj szépen játsza-
ni. Vidd magaddal Simót is.

– Nem akarod, hogy maradjak még egy kicsit?

– Nem, drágám, szaladj gyorsan, hiszen már nekem is indulnom kell.

– Hova mész, néni? Ma nem is megyünk sehova. Nézd csak, Karl bácsi ki sem hozta az autót a garázsból! – mutatott Sophie a garázs felé.

– Olyan helyre megyek, ahova nem autóval kell menni.

– Akkor viszont le kell, hogy cseréld a cipődet sárcipőre. Süt a nap, de még sár van. A cipődnek hegyes a sarka, és el fog süllyedni a sárban. Nem beszélve arról, hogy Jelena jól megszid este, amikor a cipőket tisztítja. Engem is megszid, ha összesározom a cipőmet. De áruld már el, kérlek, hogy hova mész?

– A tündérekhez.

– A tündérekhez! Engem is elviszel?

– Most nem lehet, kicsim. Neked délután balettórára kell menned. Most nem vihetlek, de egyszer majd igen.

Sophie visszaszaladt a szomszéd kislányhoz az öreg kutyával a nyomában. Josephine felvette a padról a kedvenc Stendhal-kötetét. Fellapozta, majd az egyik oldalon behajtotta a lapot. Elővette ruhája zsebéből apám fényképét. Megsimította. A behajtott lapra fektette. Még egyszer utoljára elolvasta a megjelölt idézetet: „A szerelem gyönyörűséges virág, de meg kell lennie bennünk a kellő bátorságnak, hogy irtózatos szakadék szélén szedjük". Összecsukta a könyvet, egy ideig még Sophie-t figyelte:

– Talán neki sikerülni fog! – mondta csak úgy maga elé. Még egyszer rápillantott apám fényképére, becsukta a szemét, s örökre elment a tündérekhez.

Karl levelet küldött, amiben értsítette apámat Lily-Rose haláláról. A levelet édesanyámnak adta oda a postás, de ő nem merte elmondani a hírt apámnak. Sürgönyözött nekem. Hazautaztam. Én közöltem a hírt vele. Apám féktelen őrjöngésbe kezdett. Anyám vigasztalni próbálta, de apám vigasztalhatatlan volt. Vihar volt aznap éjjel. Ő nem jött haza. Az éjszakát az erdőben töltötte. Néha hallottuk az ordítását. Másnap feljött a faluból az orvos. Megkerestük az erdőben, hazavittük. Nyugtatókat kapott, attól megcsendesedett. Anyám némán figyelte. Halkan a fülembe súgta:

– Megszakad a szívem, hogy így kell látnom őt.

Nem értettem édesanyámat. Apám a szeretőjét siratta. Tegnap az őrjöngése közben többször is megütötte anyámat, s ő most mégis őt sajnálja. Megfogta a kezem, s így szólt hozzám:

– A legjobb dolog az életemben az apáddal való házasságom volt.

– Anyám! Miért beszél butaságokat? Hiszen apám egy őrjöngő vadállat! Mi lehetett ebben jó?! – fakadtam ki.

Anyám figyelt engem egy darabig, s így válaszolt:

– Te, fiam. Téged adott nekem. S ez a legjobb dolog az életemben. Majd enyhül a fájdalma s megnyugszik.

Anyám tévedett. Apám fájdalma nem enyhült. Az elkeseredés teljesen elhatalmasodott rajta. A temetés után a földdel tette egyenlővé Lily-Rose virágoskertjét. Utána teljesen magába zárkózott. Örökre kedd délelőtt tíz óra maradt az életében. Nem ment többet sehova, és nem beszélt senkivel sem.

Ekkor láttam utoljára Sophie-t. Míg apám a kertben tombolt, odajött hozzám. Megcibálta a zakóm ujját, s ezt kérdezte:

– Meglöksz a hintán?

Zavartan figyeltem egy darabig. A szalag most is pontosan ugyanúgy volt a hajába fonva, mint amikor kétévesen megláttam.

– Persze – böktem ki végül.

Hintázni mentünk a vén diófához.

– Miért ilyen szomorú Milos bácsi? – kérdezte.

– Mert Lily-Rose meghalt.

Letette a lábát. Majd megállította a hintát. Intett, hogy hajoljak közelebb. Suttogva mondta, nehogy meghallja valaki.

– Pszt! Nem halt meg, csak elment a tündérekhez, ott fogja várni Milos bácsit. De nyugi, nem lesz sáros a cipője! Mondtam neki, hogy húzzon sárcipőt!

Kicsit közelebb hajolt hozzám. Mintha szagolgatott volna.

– Milyen jó illatod van! – mondta. – Hintázzunk még egy kicsit, jó?

– Jó.

Meglöktem, és ő mosolygott. Sokszor eszembe jutott ez a je-
lenet. Vajon tényleg nem értette, mi történik? Tényleg azt hit-
te, hogy Lily-Rose csak a tündérekhez ment? Soha nem tudtam
eldönteni.

Hetedik fejezet

A következő két évben nem mentem haza. Nem akartam látni apám szenvedését. Anyámmal havonta egyszer váltottunk egy-egy udvarias hangvételű levelet. Többnyire az időjárásról írt, s arról biztosított, hogy otthon minden a legnagyobb rendben van. Nem volt. Ezt én is tudtam, de nem akartam tudomást venni róla. Végeztem a tanulmányaimmal. Elindultam felfedezni a világot. Számomra különleges, érdekes országokba utaztam. Többet nem gondoltam Sophie-ra. Párizsban megismerkedtem egy gyönyörű nővel. Egy átmulatott éjszaka után feleségül vettem. Anyám egy napon ismét levelet küldött. Azt írta benne, hogy Lily-Rose-t egy nyári nap délutánján az öreg Simo is követte a tündérekhez. Ősszel Karl bácsi, decemberben Jelena néni ment el. Egyetlen év leforgása alatt a kis Sophie mindenkit elveszített. Mindenkit, aki a biztonságot jelentette neki. Anyám arról tájékoztatott, hogy egy fekete festett hajú, kemény asszony jött a kislányért, s magával vitte annak minden tiltakozása ellenére. Talán az anyja lehetett. Többet nem hallottunk róla.

A házasságom nem sikerült jól. A kezdeti tűz gyorsan kialudt. A szenvedélyes, vad éjszakákat állandó veszekedések váltották fel. Egy vita alkalmával megütöttem a feleségem. Elesett. Esés közben beütötte a fejét. Azonnal meghalt. Ültem mellette a földön, simogattam az arcát, vártam a mentők érkezését. S akkor, ott a szobában, a semmiből, ott volt az a vörös hajú, kócos kislány. Letérdelt mellénk, megfogta a kezem, s ezt mondta:

– Ne sírj! Nem halt meg, csak elment a tündérekhez.

Talán a fájdalom játszott velem. A felelősségre vonás elől menekülve aláírtam öt évet a légiónál.

– Uram, nem inna egy kávét? – kérdezte Mira, s félretette az írófüzetét.

Igent intettem.

– Megölte a feleségét?

– Igen.

– Mit érzett?

– Semmit. Nagyon sokáig semmit.

– Szerette őt?

– Nem tudom biztosan. Szenvedélyes, szép nő volt. Azt hiszem, hogy akkor még nem értettem azt, hogy a szenvedélyek nem csak alkotnak, de rombolnak is mindent, de mindent a világon. Nem tudom meg nem történté tenni. Bár megtehetném... Hiszem, hogy minden okkal történik az életben. Isten végigkísér az utamon. Ő látta és látja, mit, miért és hogyan teszek és tettem. Az ő dolga megítélni engem. A többi nem számít.

Csend következett. Mira felém nyújtotta a kávét.

– Dühöt sem érzett? – kérdezte.

– Nem. Dühöt, azt nem. Tomboló dühöt viszont igen. Apámra gondoltam. Arra a napra, mikor megtudta, hogy Lily-Rose örökre elment. Eszembe jutott, hogy anyámat többször megütötte, miközben ő vigasztalni próbálta. Olyan erővel tombolt benne a harag az élet felé, hogy maga Isten sem tudott gátat szabni a dühének. Akkor, ott megfogadtam magamnak, hogy én nem leszek ilyen. Soha. S lám, pár évvel később gyilkossá váltam. Nem tudom, hogy mi lett volna, ha nincs a légió.

– A légió?

– Igen, a légió. Két számomra nagyon fontos dolgot tanultam ott.

Mira kíváncsian nézett rám, hát folytattam.

– A kontrollt. A kontrollt...

– Mi volt a másik?

– A másik? – Nagyot sóhajtottam.

– Igen, uram, mi volt a másik?

– Nem más lelkét kell megmentenünk, hanem csakis a sajátunkat.

– Ezt nem értem, uram.

– Nem érted?

– Nem – rázta a fejét Mira.

– Elmagyarázom. Csak akkor tudunk valamit jól csinálni az életben, ha bennünk, a mi saját lelkünkben béke van.

Itt néhány perc csend következett.

– A következő öt év számomra maga volt a pokol. Úgy gondoltam, már mindent láttam az élet mocskából. Tévedtem. Mindig jött újabb és újabb szenny. Az embernél nincs aljasabb teremtmény a földön. Nyugodt szívvel sétálgattam a pokol kapujában ki-be, ki-be. Nem tudom, hogy ebben az öt évben váltam szörnyeteggé, vagy már a születésem pillanatában is az voltam.

Nyolcadik fejezet

Vasárnap volt. A Skadarliján hömpölygött az emberáradat. A kávézók, éttermek kerthelységei mind megteltek mulatni, szórakozni vágyó emberekkel. Szólt a zene. Benéztem a kedvenc vendéglőmbe. Éhes nem voltam, de Vlado barátom biztosított róla, hogy a báránysült ma kivételesen jól sikerült. Meg kellett kóstolnom. A sült mellé egy üveg raki is került néhány régi cimborával. Megünnepeltük, hogy hazajöttem.

– Meddig maradsz a fővárosban? – faggatott Vlado.

– Talán két hétig...

De nem tudtam befejezni a mondatot, mert megláttam valamit. Pontosabban valakit. Nem tudtam levenni róla a szemem. Az út másik oldalán egy kalapbolt volt. Ott ácsorgott előtte. A kirakatot nézte, én meg őt. Az arca visszatükröződött az üvegben. Békét éreztem a szívemben. Olyan békét, amit évek óta nem. Vlado meglökött oldalról.

– Hagyd őt! Nem látod, hogy még gyerek? Küldök én neked nőt éjszakára!

– Nem erről van szó... Ki ő, ismeritek?

A többiek nemet intettek. Vlado rendelt még egy kört a szilvapálinkából, én pedig csak néztem a kirakat üvegében tündöklő arcot.

– Te sem ismered? Te mindenkit ismersz itt?

– Nem.

– De ki ő?

– Nem tudom biztosan. Ott laknak, ahol a te lakásod van. Pont a tieddel szemben. Egy éve jöttek ide. De nem beszél. Senkivel sem. Vagy nem érti, amit beszélünk, vagy ő nem tud. Sokszor csak ott áll a kalapbolt kirakatánál.

Ránéztem az órámra, s mire felpillantottam, a lány már eltűnt. Sokáig kerestem az emberek között.

Hajnalban ébredtem. Elhúztam a sötétítőfüggönyt a szobám ablakán. Megláttam, hogy ott ül a szemközti ház erkélyén. A földre volt kuporodva. Két kezét a fülére tapasztotta. Kinyitottam résnyire az ablakot. Hallottam, hogy valaki üvölt, majd becsapódik az ajtó. Napokig figyeltem.

Péntek délután újra Vladonál múlattam az időt. Megláttam, hogy ő ott ácsorog a kalapbolt előtt. Félretoltam a poharamat. Vlado nemet intett a fejével, de én meg akartam tenni. Átsétáltam a bolthoz. Megszólítottam. Nem állt velem szóba. Sarkon fordult, s hazáig futott.

Este kint ültem az erkélyen. Ő is. Próbáltam neki inteni. Nem figyelt. Azt hiszem, sírt. Éjjel kint aludt összekuporodva, a falhoz dőlve. Reggelig néztem. Csapódott az ajtó. Felriadt. Lenézett. Én is figyeltem, hogy ő mit néz. Láttam, hogy egy festett fekete hajú nő kilépett a házból. Ő bement a lakásba. Talán az anyja lehetett.

Délután megint megpróbáltam megszólítani, de mielőtt elfuthatott volna, megfogtam a kezét, amiben egy összehajtott papírlapot szorongatott egy ceruza társaságában.

– Tudsz beszélni? – kérdeztem.

Bólintott, hogy igen.

– Mi a neved?

Nem válaszolt. Figyeltem őt. Azt hiszem, rettegett tőlem. Nem akartam bántani. Kopott farmert viselt, egy régi, ócska fehér inggel. Kócos volt. Fogtam a kezét. Jéghideg volt. Azon tűnődtem, hogyan lehet valakinek ilyen hideg a keze augusztusban. Végigsimítottam az ujjait. Éreztem, hogy el volt törve mind. Rosszul forrt a csont össze bennük. Ki akarta szabadítani a kezét a kezemből. Elejtette a papírlapot. Utánakapott, de én gyorsabb voltam. Felvettem. Felé nyújtottam. Rázta a fejét, hogy nem kell neki.

– Megtarthatja. Vagy dobja ki! Úgysem vihetem haza – mondta. Megszólalt. Ezek szerint tud beszélni.

– Miért nem viheted haza?

– Mert ha kiderül, hogy rajzoltam, ma is megvernek érte.

Hátat fordított, s hazáig szaladt. Visszasétáltam a vendéglőbe. Csak ennyit tudtam mondani:

– Tud beszélni.

Ittunk még néhány kört a cimborákkal. Arra lettem figyelmes, hogy Vlado a papírlapot nézi.

– Mi az? – kérdeztem.

– Nem nézed meg?

– Nem, hiszen nem az enyém.

– De engem érdekel! Nézzük meg!

Széthajtottam a papírlapot. Elmosolyodtam. Girbegurba, kusza kis házak voltak rajta. Kicsipeszelt, fura ruhákkal.

– Mi ez? Valami manófalva? – nevetett Vlado.

– Mutasd csak! – fordította maga felé David.

– Á, nem. Szerintem itt nem manók laknak, inkább tündérek.

– Tündérek? David! Tündérek?! Honnan veszed, hogy tündérek? A karosszériás műhelyben is vannak talán ilyen rajzok?

Mindenki nevetett.

– Nem! Nem! De a kislányom mindig a tündérekkel nyaggat. Szerintem itt tündérek laknak! Még egy kör?

Intettünk, hogy rendben. Magam felé fordítottam a rajzot. Megakadt a szemem egy aprócska cipőn. Egy sárcipőn. Mintha kést szúrtak volna a szívembe. S akkor, abban a pillanatban már tudtam, miről van szó. Felálltam. Rendeztem a számlát. Elnézést kértem a többiektől, hogy ígéretem ellenére mégsem tölthettem velük a délután további részét. Elindultam. Vlado utánam kiabált:

– Most hova mész?

– Fontos dolgom akadt!

– De mi? Hiszen az előbb még semmi dolgod nem volt...

Megálltam egy pillanatra. Megfordultam.

– Sürgősen el kell vennem egy lányt!

– Mi?

– El kell vennem egy lányt!

– Feleségül?

Igent intettem a fejemmel. Sietős léptekkel indultam haza.

Kilencedik fejezet

Türelmetlenül kopogtam az első emeleti lakás ajtaján. Egy hosz-szú barna hajú nő nyitott ajtót. Köszönés nélkül mentem be.

– Kit keres? – kérdezte a nő ingerülten.

Nem válaszoltam. Keresztülmentem az előszobán, a szobán, ki az erkélyre. Ő most is ott ült a földön. A szája fel volt repedve. Odahajoltam hozzá. Megpróbáltam letörölni a vért a szája sarkából.

– Sophie, megismersz?

Nézett rám, de nem válaszolt.

– Megnéztem a rajzod.

A barna hajú nő megállt az erkély ajtajában.

– Mit akar a húgomtól? – kérdezte. Gonosz volt a tekintete.

– Menjen innen!

Sophie-t néztem. Félt. Nem mert rám nézni. A barna hajú nő-höz egy ittas férfi is csatlakozott. Gondolkodás nélkül ütöttem meg a férfit. Elterült a földön. A nő hátrálni kezdett kiabálva.

– Mit akar a húgomtól?!

– El akarom venni feleségül.

A nő nevetni kezdett. Gúnyosan nevetni.

– A húgomat akarja elvenni feleségül? De hát ő bolond! Még beszélni sem tud! Nézzen csak rá! Nem is érti, amit mond! Bolond! Bolond – kiabálta.

Visszamentem az erkélyre. Odatérdeltem Sophie mellé.

– Nem emlékszel rám? – kérdeztem.

Közelebb hajolt hozzám. Megszagolt. Megérintette az arcom. Nem borotválkoztam már négy napja. A borostámat simogatta.

– Már nem Sophie-nak hívnak. Már nem az a nevem – mond-ta halkan.

– Nem baj. Mindegy minek hívnak.

– Pontosan olyan szőrös az arcod, mint... – itt elhallgatott.

– Mint Simónak – fejeztem be a mondatot helyette. Rám nézett. Egyenesen rám. A szemembe. Azt hiszem, a *Simo* volt a varázsszó.

– Igen, mint Simónak! Simo elment. Elment a tündérekhez.

– Igen, tudom. Meg Karl bácsi is, és Jelena néni is.

A barna hajú nő még mindig kiabált a hátam mögött. Egyetlen pillanatra sem hagyta abba.

– Sophie, hozzám jössz feleségül?

Figyeltem a szemét, hogy érti-e amit mondok. Néhány másodpercig nézett, majd így szólt:

– Ha hozzád megyek, vissza kell ide jönnöm?

– Nem, soha.

– Igen. Igen, hozzád megyek.

Estére sikerült találnom egy papot, aki némi pénz ellenében minden kérdés nélkül összeadott bennünket. Előtte elrohantam egy üzletbe. Vettem Sophie-nak egy vajszínű ruhát francia csipkéből. Azt hiszem, nagyon tetszett neki. Feltűztem a haját. Nagyon félt. A pap egy pillanatra el is bizonytalanodott, de a végén csak kimondta: „Amit Isten egybekötött, ember szét ne válassza!"

Tizedik fejezet

Tudtam, hogy a családja keresni fogja, ezért esküvő után elindultunk a szüleimhez, fel a hegyekbe. A múlt esztendőben apám vett nekem ott egy öreg házat. Legjobb tudása szerint rendbe is hozta. Nem messze van a saját házuktól. Ez tűnt most a lehető legjobb menedéknek a számunkra. Hajnalban értünk oda. Apám említette, hogy a kulcs a tornáckő alatt van, így nem kellett érkezésünkkor felébresztenem a szüleimet.

Reggel lementem a közeli városba ennivalót és ruhákat vásárolni. Mire hazaértem, Sophie már ébren volt. Főztem egy kávét. Felé nyújtottam. Félve vette el.

– Hoztam neked valamit!

Kihúztam a táskából egy rajzmappát, ceruzákat, radírt.

Felcsillant a szeme.

– Itt bármikor rajzolhatsz. Nem fog érte bántani senki. Van olyan dolog, amit szeretnél? Olyan, ami boldoggá tenne?

– Igen.

– Mi az?

– Egy hinta.

– Mi?

– Egy hinta. Oda, arra az öreg diófára.

Délután készítettem neki egy hintát. Ki is próbálta. Végre nevetni láttam. Vacsorára apámékhoz voltunk hivatalosak. Édesanyám nagyon várta, hogy bemutassam neki a felségemet. Abban reménykedtem, hogy édesanyám segítségével sikerül kideríteni, hogy Sophie mitől ilyen furcsa. Hétre mentünk. Anyám nyulat sütött. Már messziről éreztem a sülthús illatát. Beléptem. Anyám mosolygott, apám ránk sem figyelt. Meredten bámulta a semmit. Anyám az asztalhoz invitált bennünket. Sophie-ra nézett, s így szólt:

– Mondod te az imát?

Biztos voltam benne, hogy nem fog válaszolni, de nem így történt.

– Imát vagy áldást? – kérdezte halkan.

– Amelyiket szeretnéd.

Imára kulcsolta görbe ujjait:

„– Add, Uram, hogy jó lehessek,
sose gyűlöljek, csak szeressek,
virágot lássak télben, hóban,
ne higgyek a rosszban, csak a jóban.

A kenyérnek falatját megbecsüljem,
a szenvedők könnyét töröljem,
a holnaptól sose féljek,
az embereknek jobb jövőt reméljek.

Uram, ki fönt vagy a Mennyekben,
úgy tudjak hinni rendületlen,
hogy mindig jó lehessek,
sose gyűlöljek csak szeressek."

Apám felemelte a fejét. Minket nézett. Felállt, lassan odasétált az asztalhoz. Leült közénk.

– Utoljára Lily-Rose-t hallottam így imádkozni – fordult Sophie felé.

– Ő a dédnagymamám volt. Csak elment... elment a tündérekhez – fejezte be a mondatot Sophie nagyon halkan.

A szobában megfagyott a levegő. Úgy éreztem, hogy mondanom kell valamit. Apám felé fordultam.

– Apám, engedd meg, hogy bemutassam a feleségemet.

Anyám alig hallhatóan felszisszent. Nem tudtuk, mi fog történni. Talán arra számítottunk, hogy apám ismét féktelen dühöngésbe kezd, de nem így történt. Sophie-t nézte, s a szája sarkában egy egészen pici mosoly jelent meg.

– Végre – mondta. – Végre minden úgy történik, ahogyan történnie kell.

Felállt, odament Sophie-hoz s magához ölelte. S ott, akkor, abban a pillanatban mintha egy titkos szövetség jött volna létre kettejük között. Egy ki nem mondott, de minden pillanatban jól érezhető titkos szövetség. Egy olyan szövetség, amit egyikük sem bánt.

Apámba mintha visszatért volna az élet. Beszélgetett, nevetgélt, és még anyámhoz is kedves volt néha. Ahogy teltek a hónapok, Sophie is sokat változott. Édesanyám a beszédben segített neki, apám pedig arra kérte, ha valamit nem tud elmondani, akkor rajzolja le nekünk. Sok mindent rajzolt... Olyan volt az egész, mint egy utazás. Az út végére mindent tudtunk róla. A félelem helyett a szeretetet láttam csillogni a szemében. Soha nem tudtam eldönteni, hogy Sophie-nak volt-e nagyobb szüksége ránk, vagy nekünk őrá. Talán Isten küldte őt hozzánk, hogy újra családként élhessünk.

Vasárnap délután volt. Kiszakított egy rajzot a mappájából, s átsétált vele apámék házához. Odanyújtotta neki. Apám szeme megtelt könnyel a rajz láttán. Halkan ezt suttogta:

– Igazad van. Igazad van. Nem az az erős ember, aki bármit meg tud szerezni magának, hanem az, aki bármit el tud engedni. Ez az élet rendje.

Később megnéztem a képet. Lily-Rose virágoskertjét rajzolta le, s a régi házat. Még az én szemem is könnyes lett. Talán itt egy pillanatra megállt az idő is.

Pár boldog hetet töltöttünk együtt. Indulnom kellett. Kitört a délszláv háború.

Tizenegyedik fejezet

Apám búcsúzáskor megveregette a vállam. A lelkére kötöttem, hogy vigyázzon Sophie-ra. Ő pedig figyelmeztetett rá, hogy még van egy elintézni való dolgom, mielőtt a háborúba indulnék. Értettem őt.

Felálltam. Megmozgattam a lábaimat. Megsimítottam Bonzó fejét.

– Na, uram! Folytassa már! Kifúrja az oldalamat a kíváncsiság! Mit kellett még elintéznie? – kérdezősködött Mira.

– Biztosan szeretnéd tudni?

– Persze, uram.

– Sophie apám számára tudott megnyílni. Elmesélte neki, hogyan vitte magával az édesanyja a nagyszülei halála után. Mesélt neki a mindennapi bántalmazásokról. Mindenről, ami vele történt azokban az években, míg rá nem találtam. Minden rosszról, amit csak el tudsz képzelni. Visszautaztam hát a fővárosba, és megkerestem az anyja férjét. Felelősségre vontam. Ő nem tagadott semmit. Azzal mentegette magát, hogy a lány úgyis bolond. Mindegy volt neki. Másnap holtan találták a Szávában. Hát miért megy olyan a folyó partjára, aki nem tud úszni?

Befejeztem a mondatot, s az emlékeimbe merültem pár másodpercig.

– Megölte? – kérdezte Mira.

Igent intettem a fejemmel.

– De előtte meg is kínoztam. Eltörtem egyenként az ujjait... nem folytatom. Igen, megöltem, s utána hálát adtam Istennek, hogy én tehettem ezt meg.

– Isten vajon mit szólt hozzá?

– Nem tudom, Mira. Úgy gondolom, ez nem volt Istennek tetsző cselekedet. Végül is rábízhattam volna az igazságszolgáltatásra is, de Sophie-ra gondoltam. Neki így kell tovább élnie. Igen, megöltem. Úgy gondoltam, hogy a saját kezemmel, a saját törvényeim szerint teszek igazságot. Egyetlen pillanatra sem bántam meg. Megnyugvást adott. Miután végeztem vele, elindultam a háborúba megvédeni a hazámat és a szeretteimet. A pokol újra elkezdődött, s mégis életem legboldogabb öt évét töltöttem a pokol közepén. Ezt csak az érti meg, aki ott volt.

Az öreg kutya felém nyújtotta szőrős mancsát.

– Mennyi idős a kutyád? – fordultam Mira felé.

– Tizenöt éves. Nagyon öreg. Kérdezhetek, uram?

– Igen, bármit.

– Sophie tényleg bolond volt?

Magam elé bámultam a semmibe egy darabig, mielőtt válaszoltam volna.

– Dehogy. Anyám tanítónő volt. Segített neki a beszédben. Volt némi zűrzavar ugyan a mozgásában, s voltak olyan napok, amikor nem tudott vagy nem akart megszólalni. De mindent meg tudott csinálni, mindent meg tudott tanulni a saját tempójában, ami talán lassabb volt, mint egy átlagos emberé. Az illatokat és az ízeket viszont sokkal jobban érezte, mint mi. S ami számomra a legnagyobb talány volt: érezte a rezgéseket. Előbb tudta, mint mi vagy a kutyáink, ha jött valaki. Nem tudom, hogyan csinálta. Mintha érezte volna a föld minden rezdülését. Anyám szerint enyhe autizmussal születhetett. Talán megérezte, hogy másabb, mint a többi ember, ezért zárkózott be a saját világába. Talán a bántalmazások miatt. Ezt soha nem tudjuk meg. Túl sok a talán. Annyi biztos, hogy úgy láttam, bár mi ott voltunk mellette, ő mindig a magányt választotta. Egyedül szeretett mindent csinálni. Mindig mindent ugyanabban a sorrendben. Sokszor figyeltem őt. Meg szerettem volna érteni.

– Hogy érti, uram, hogy ugyanabban a sorrendben?

– Ugyanazokat a filmeket nézte. Ha huszadjára látta is, ugyanolyan izgalommal várta a végét, mint amikor először nézte végig. Ugyanazokat az ételeket ette. Mindig egyformán tette le a cipőjét, ugyanarra a helyre. A ceruzáit is csak a megszokott sorrendben tudta elpakolni. Az állandósághoz való ragaszkodása biztonságot jelentett számára. Isten furcsa teremtménye ő.

– Szerette őt?

– Szeretem most is. Mindennél és mindenkinél jobban.

– Megmentette az életét, amikor elhozta onnan, azok közül a gonosz emberek közül, ugye tudja, uram?

– Nem, Mira. Ez nem igaz. Ő mentette meg az én életemet.

– Nem értem, uram? Hogyan?

– Arra tanított, amire eddig képtelen voltam.

– De mire, uram?

– Szeretni.

Mira leírta az utolsó mondatot is, majd türelmesen várt, hogyan folytatom a történetet.

– Nem tudom, mikor vált felnőtté. Csak azt tudom, hogy egy vasárnap reggel, amikor bevittem neki a kávéját az ágyba, már nem a rémült gyereket láttam benne. Nagyon szép volt. Csillogott a vörös haja a beszűrődő reggeli napsütésben. Azt kérdezte tőlem, hogy örökre együtt maradunk-e. Leültem mellé. Megcsókoltam. Megfogtam a kezét. Már nem húzta el. Azt mondtam, hogy együtt maradunk addig, ameddig Isten engedi. Kacagva kiugrott az ágyból. Felvette a fésűt, s felém nyújtotta, hogy fésüljem meg a haját. Miközben fésültem, elmesélte, hogy álmában találkozott Karl bácsival, aki megmutatta neki a jövőt. A jövőt, aki nem én voltam. Miközben fonni kezdtem a haját, arról faggattam, hogy Karl bácsi mégis milyen férfit szánt neki. Ő nevetve azt felelte, hogy nem látta, mert a háta mögött állt. Csak az illatát érezte. Megegyeztünk, hogy ez csak egy rossz álom volt. A lelkembe viszont mintha kígyó mart volna. Mi van akkor, ha mégsem egy rossz álom volt? Akkor jöttem rá, hogy a sors igenis létezik, s kénye-kedve szerint játszik velünk. Ha akar, ad, de ha akar, mindent elvesz egyetlen pillanat alatt.

Tizenkettedik fejezet

Az élet fekete vagy fehér lett a háborúban. Először a színek tűntek el, utána az öröm. Mintha Isten mindent ellopott volna. Fájdalom és kegyetlenség volt, amerre csak néztem. Menni, menni előre. Nem gondolkodni a miérten. A parancsot teljesíteni kell. Bármi legyen is az. Kegyetlen voltam és kemény. Túl kemény. Egyik napon egy kislány meghalt a kezeim között. Óráknak tűnő másodpercekig fogtam az élettelen testét. Megsimítottam az arcát. Félrecsúszott a sapkája. Vörös haja volt. Olyan, mint Sophie-nak. Az ördög közben egyfolytában suttogott a fülembe: „Hagyd, csak egy gyerek! Nem számít! Van ilyen!" Láttam a halott feleségem arcát, a kis Sophie-t, akit hintáztatok Lily-Rose temetése után, s hallottam, ahogyan a fülembe súgta: „Pszt, nem halt meg, csak elment a tündérekhez. De nyugi, nem lesz sáros a cipője! Mondtam neki, hogy húzzon sárcipőt!" De jó lett volna most hinni ezekben a szavakban!

Este imádkozni szerettem volna. Akkor jöttem rá, hogy nem ismerek egyetlen imát sem. Összekulcsoltam a kezem és reméltem, hogy Isten meghallgat. Másnap újrakezdődött a pokol, újra, újra, újra. Hosszú napokon, heteken, hónapokon keresztül.

– De uram, hogy tudta ezt tenni?

– Tudod, Mira, egy jobb világban hittem. Azt hittem, hogy a rosszat el lehet pusztítani. De nem! Egyet megölsz, kettő áll a helyére. Gonosznak lenni, rombolni, pusztítani egyszerűbb, mint jónak lenni és szeretni...

Másnap bementem egy templomba. A pap rémülten nézett rám.

– Gyermekem, a templomban nincs helye a fegyvereknek – figyelmeztetett.

Nem törődtem vele. Leroskadtam egy padra. Becsuktam a szemem és vártam. Vártam, hogy történjen végre valami. Valami jó. Oldalra fordultam. Egy nő csendesen mormolta a szavakat mellettem. Hallgattam őt:

„Uram, nem vagyok méltó rá, hogy a
Hajlékomba jöjj,
De csak egy szóval mondd,
És meggyógyul az én lelkem!"

A lelkem? A lelkem – ismételgettem a szót magamban. Van nekem lelkem? Bárcsak tudnék imádkozni! Ekkor a pap odalépett mellém. A vállamra tette a kezét s így szólt:

– „Mindenható Isten! Add, hogy ez a katona könnyű szívvel és tiszta lelkiismerettel szolgáljon téged és a hazáját! Adj neki igaz hitet. Kérünk téged, tedd őt hűségessé családjához, szeretteihez, hivatásához. Adj neki bátorságot és igaz erőt! Ámen!"

Néhány perc csend következett. A csendet a pap törte meg.

– Fiam, Isten talán nem akkor jön, amikor te akarod, de mindig ott lesz, ha vársz rá!

S attól a naptól kezdve én vártam Istenre. Egy napon véget ért a háború, s elindulhattunk végre haza. Haza? Már ami még megmaradt belőle.

Csíkos macska bújt elő a tornác málladozó oszlopai mögül. Bonzó odaszaladt hozzá. Megszagolta. A cica ráfújt és elfutott, Bonzó pedig üldözőbe vette.

– Mindig ezt csinálják – mosolyodott el Mira. – Folytatja, uram?
Intettem a fejemmel, hogy igen.

Tíz évvel később egy párizsi kávézó teraszán figyeltem őt. Még mindig gyönyörűnek láttam. Hosszú vörös haján meg-megcsillant a délelőtti nap fénye. A barátnőivel beszélgetett két asztallal távolabb tőlem. Háttal volt nekem. Nem látott engem.

– Milyen a házasélet, Sophie? – kérdezte Julia, miközben nagyot szürcsölt a tejeskávéjából.
– Nem túl jó.
– Akkor minek mentél hozzá! – csattantak fel a lányok nevetve. – Neked talán sose mondták, hogy a férfiakkal csak a baj

van? Jobb egyedül. Nézd csak azt a pasit ott! – mutatott Julia a pincérre. – Milyen jóképű, kedves, jó illatú. Lesi minden kívánságunkat. De ha hazaviszed, moshatsz, főzhetsz rá... ó... nekem nem kell a házasság!

– De nálatok mindenki többször ment férjhez, nem? – kérdezte Chloé.

– Igen. Mi szeretünk házasodni – mondta Sophie nevetve.

– Meg temetni is! – vágta rá Julia.

– Igen. Azt hiszem, igazad van. Szeretjük az esküvőket és a temetéseket. Ilyenkor mindig együtt van a család.

– Mi az, amin ilyen jót nevettek? – kérdezte Sana, miközben kihúzott egy széket és leült a lányok közé.

– Csak Sophie családján nevetünk. Nem jött be neki a házasélet. Talán ideje lenne, ha főznél végre valamit a férjednek.

– Miért? Nem szokott főzni?

– De. De nem olyat. Hanem amitől kifekszik végre.

Sana értetlenül nézte a lányokat.

– Tudod, a családi receptes könyv. A mérgekkel...

Sana még mindig értetlenül nézett, a lányok meg csak nevettek.

– Nem értem.

– Sophie, meséld el Sanának, hogy a dédid hogyan mérgezte meg a férjeit!

– Nem, köszönöm. Inkább bemegyek a mosdóba.

A lányok összenéztek, majd tovább nevettek.

Julia elmesélte, hogy amikor Lily-Rose megunta az aktuális férjét, főzött neki valami finomat, amivel megmérgezte. Szám szerint négyet. Sana ámulattal hallgatta, majd így szólt:

– Okos asszony! Okos! Nem tudjátok véletlenül, hogy mit főzött nekik?

– Miért, Timmel megint gondjaitok vannak?

– Igen. Mától nyitott házasságban élünk.

– Van valakid?

– Á, nem nekem! A férjemnek. Azt hiszem, talán én is főznék neki valamit. Valami finomat.

Sana elgondolkodott, majd így folytatta:

– Végül is özvegynek lenni jobb, mint elváltnak.

A lányok hangos nevetésben törtek ki. Sophie visszajött, s csatlakozott a társasághoz. Sana felé fordult.

– Megvan még a dédidnek a receptes könyve?

Hosszú percekig nevettek.

– Hogy van a bankárod, Sophie? – érdeklődött témát váltva Julia.

– Nem tudom. Nem beszéltem vele.

– Szegény, fut utánad. Nem sajnálod?

– Nem. Férjnél vagyok.

– Még! – csattantak fel egyszerre.

– De nem bankár, hanem politikus.

– Mindegy! Mind a kettő lop! – vágott közbe Chloé. – Válj el az orvostól, és menj szépen hozzá a bankár-politikushoz! Mindannyian így járunk jól!

– Miért?

– Mert akkor nem kell végig néznünk, hogy egyre szomorúbb leszel.

– Hozhatok a hölgyeknek még valamit? – lépett oda a pincér.

– Igen. Pezsgőt – mondta Sana.

– Pezsgőt? – kérdezték a lányok. – Délelőtt 10 óra van!

– Igen, de ünneplünk! – vágta rá Sana.

– Mit ünneplünk?

– Az okos asszonyokat! Lily-Rose-t ünnepeljük! Pierre, pezsgőt kérünk!

– Rendben, hölgyem!

Pár perc múlva Pierre visszatért a pezsgővel. A lányok koccintottak.

– Sophie, elmeséled, hogy mit mondott Lily-Rose a házasságkötésről? Sana még nem tudja.

Sophie egy pillanatra az emlékeibe révedt. Újra ott volt a régi szobában. Hallotta Edith Piaf recsegő hangját a lemezjátszón, s látta, ahogyan Lily-Rose odainti őt és a szomszéd kislányt.

– „Üljetek ide mellém, kicsikéim! Jól figyeljetek. Elmondom nektek, hogyan kell férjet választani magatoknak."

A két kislány megszeppenve hallgatta Lily-Rose szavait.

– „Úgy kell választani, hogy a férjetek mellett anyagi és érzelmi biztonságban legyetek. A többi nem számít. Az sem baj, ha csak egy fokkal szebb a választottatok az ördögnél. Legalább nem akarja elszeretni majd tőletek senki.

– De néni, és a szerelem? – kérdezte Sophie bátortalanul.

– A szerelem? Kicsi Sophie, a szerelem? Hát, drágám, majd lesz olyan szeretőd mellette, akibe szerelmes lehetsz." Lily-Rose megsimogatta a kislány arcát, s kiküldte őket játszani a kertbe. Italt töltött magának, megállt az ablak előtt. A kertjét nézte. A szerelem... *Ezzel a kislánnyal még baj lesz* – gondolta.

– Sophie! Figyelj már ránk! Mit is mondott Lily-Rose a házasságról? – kérdezősködött Sana.

– Hát azt, hogy úgy kell férjhez menni, hogy a férjünk mellett anyagi és érzelmi biztonságban legyünk, s lesz majd mellette olyan szeretőnk, akibe szerelmesek lehetünk.

Sana elismerően bólintott.

– De kár, hogy nem ismerhettem a dédidet! Lily- Rose-ra!

A pezsgőspoharak újra összekoccantak.

– Hányadik házasságod ez, Sophie?

– A második.

– Akkor légy hű a családi hagyományokhoz! – nevetett Júlia.

Sana kérdőn nézett rá. Júlia folytatta:

– A Visnic-lányokon átok ül. Mindenki legalább háromszor megy férjhez.

– Az jó sok nászajándék! – nevetett Sana. – A bátyám válóperes ügyvéd, megadjam a telefonszámát?

– Nem, köszönöm.

– Pedig jóképű! – incselkedett Sana.

– Hagyd már, ott van neki a bankár!

– Nem bankár! Politikus! – vágta rá Chloé.

– Lányok! Elég! Nem kell senki! – csattant fel Sophie.

Csend lett. Júlia kicsit elkomolyodott.

– Megint a férfi az álmodból... azt keresed, ugye?

Sophie igent intett a fejével.

– Bolond vagy. Lehet, hogy nincs is. Azért, mert álmodtál róla néhányszor, nem biztos, hogy létezik.

– Álmodtál egy pasiról? – kérdezte Chloé. – De milyen? Hogy néz ki?

– Nem tudom – vallotta be Sophie.

– Az hogyan lehet, hogy álmodtál vele már többször, de nem tudod, hogy hogyan néz ki?

– Mindig a hátam mögött áll. Az illatát érzem. Csak egyszer láttam. Akkor is csak a szemét.

– Milyen színű?

– Barna.

– Tudod te, hány barna szemű ember él?

– Igen, de ha meglátom, megismerem.

– Ti már ittatok valamit, mielőtt ideértem? – kérdezte Sana.

– Nem. Miért? – válaszolta Júlia.

– Mert most ugye arról beszélünk, hogy Sophie látott egy férfit az álmában néhányszor. Vagyis csak egyszer látta… a szemét. De az illatát sokszor érezte. S ez a férfi élete szerelme. Erre a férfira vár?

– Igen, erről beszélünk.

– Elnézést, Pierre! – intett Sana a pincérnek.

– Igen, hölgyem.

– Tessék, szagold meg! – fordult Sophie-hoz. – Barna a szeme. Ő az?

A pincér értetlenül állt.

– Nem, nem ő.

– Köszönjük, elmehet. Hát, jó néhány férfit kell majd megszagolnod! Te tényleg hiszel ebben?

– Igen – mondta Sophie alig hallhatóan.

– Mikor láttad először álmodban?

– Tizenkét évvel ezelőtt.

Sana szeme kikerekedett.

– Hagyd már! A művésznegyedben nőtt fel. Tele van a családja művészekkel meg gyilkosokkal! Esélye sem volt, hogy normális legyen! Ha ebben akar hinni, hát legyen! – mondta Júlia, majd koccintásra emelte a poharát.

– Sophie képzeletbeli szerelmére.

– Javítok! Álombéli szerelmére!

Sokáig csacsogtak még a lányok a kávéház teraszán. Jó volt hallgatni őket. Szerettem volna odamenni Sophie-hoz. Szerettem volna átölelni őt. De nem tehettem. Amikor az álombéli férfiról meséltek, belesajdult a szívem. Nekem is említette őt. Többször is. Sokáig azt hittem, hogy csak a képzeletében létezik, de nem így volt.

Tizenharmadik fejezet

Négy év telt el a párizsi kávézás óta. Sophie beteg lett, a házassága és az élete romokban hevert. A férje éveken keresztül zsarolta érzelmileg. Nem volt hova menekülnie. Én úgy gondolom, hogy a szeretetlenségbe és a zsarolásba betegedett bele. Már nem rajzolt többet. Csak dolgozott a férje mellett, s hallgatta, hogy mennyire értéktelen és rossz ember ő. Éjjelenként elbújt a takaró alá. Imádkozott. Ott nem látta senki. Ima után mindig engem hívott. Könyörgött, hogy jöjjek érte. Nem tehettem. Élete legnagyobb harcát készült megvívni, de én nem lehettem mellette. Egy augusztusi napon megoperálták, de nem lett jobban. A betegség erősebbnek bizonyult. Hazaküldték. Hazaküldték meghalni. Vele akartam lenni...

A templomban ült és csendesen imádkozott. Én egy oszlop mögül figyeltem. Odalépett mellé az atya. Hallgattam, ahogyan beszélgetnek.

– Hogy érzed magad?

– Nem tudom.

– Ki tudja, ha nem te?

– Tudja, atyám, talán nem is baj, ha vége lesz. Egy ilyen emberért, amilyen én vagyok, nem kár. Ott a férjem. Az ő élete sokkal értékesebb, mint az enyém. Hát vigyen az Isten engem nyugodtan. Ő még annyi életet megmenthet, én pedig egy semmi vagyok.

– A döntést hagyd csak Istenre, gyermekem. Hogyan mondhatod azt, hogy a te életed értéktelenebb a másikénál? A te életed is ugyanolyan értékes, mint bármelyik emberi élet. Istennek terve van veled. Túléltél egy nagyon nagy műtétet. Itt vagy. Ez nem lehet véletlen.

– De hazaküldtek meghalni.

– Kik?

– Az orvosok!

– Csudába az orvosokkal! Egyetlen orvos sem Isten! Meg fogsz gyógyulni, csak hinned kell, s akarnod kell nagyon.

– De atyám, nagyon sok olyan ember van, aki hitt és akarta, de nem sikerült neki.

– Annak is biztosan megvolt az oka. Isten útjai kifürkészhetetlenek. Két évvel ezelőtt, amikor először besétáltál ide, az első, amit észrevettem rajtad, hogy komoly és mély fájdalmakat cipelsz magaddal.

– Ugyan, atyám, talán a homlokomra volt írva?

– Nem. A szemedbe volt írva, Sophie. Nem szeretnéd ezt a terhet letenni?

– De hogyan?

– Mondd el nekem mindazt, ami bánt, s majdcsak találunk rá valamiféle megoldást.

Sophie sóhajtott egy nagyot.

– Rendben. Talán már a születésem pillanatában eldöntötték, hogy nem kellek senkinek sem. Kétévesen Karl bácsi és Jelena néni vettek magukhoz. Ők a nagyszüleim voltak. Anyám még élni szeretett volna, én pedig útban voltam neki. A nagyszüleim jó emberek voltak. Nagyon jók. Halálukig velük éltem. Kilencévesen visszakerültem édesanyámhoz. Ő mindennap elmondta nekem, hogy mennyire gyűlöl engem. Mennyire a terhére vagyok, s hogy soha nem szeretett engem, mert nem tudja nekem megbocsájtani, hogy a születésem után megcsúnyult. Nem értettem ezeket a szavakat. Soha nem voltam elég jó neki, ezért mindennap megvert. Azt kiabálta közben, hogy bolond vagyok, és bezárat a bolondokházába.

Csend következett. Néma csend.

– Felnőtt koromban megkerestem, de akkor is csak az ital, a cigaretta és a férfiak érdekelték. Felforgatta az életemet. Amikor kiderült, hogy beteg vagyok, azt mondta, hogy az lesz a legjobb mindenkinek, ha meghalok. Szerinte meg sem kellett volna születnem. 16 évesen megszöktem tőle és férjhez mentem.

– Milyen ember volt a férjed?

– A világon a legjobb, akit ismertem.

– Mi történt vele?

– Erről nem szeretnék beszélni.

– Rendben, akkor folytasd tovább.

– A második férjem nagyon kedves volt. Az esküvő után viszont megváltozott. Sokat bánt.

– Megütött?

– Nem. Soha nem ütött meg. Szavakkal. Szavakkal, amik nagyon fájnak. Ez a házasság, atyám? Rettegek, ha vele vagyok. Soha nem jó neki semmi. Minden kevés. Nem örül semminek sem. Csak a munka a fontos. Nem szeret engem. Azt mondja, értéktelen vagyok. Pontosan úgy viselkedik velem, mint ahogyan az anyám viselkedett. Nagy házunk van. Három autónk. Éjjel-nappal dolgozunk, de hiába van minden, hiszen csak gyűlölet van a szívében. Amióta beteg vagyok, még többször sérteget. Kigúnyol, és azt mondja, ez nem betegség, ne hisztériázzak. Volt, hogy nem tudtam felkelni a földről. Otthagyott. Nem segített rajtam. Napokig feküdtem a hideg kövön. Hát ezt akarta nekem Isten?

Az atya megfogta Sophie kezét.

– Ezt nem Isten akarata számodra. Isten a legjobbat akarja neked. Bízz Istenben! Ő megítél majd mindenkit a cselekedetei alapján.

– Fáradt vagyok, de nem akarok hazamenni.

– Még egyszer mondom, Sophie. Ezt nem Isten akarja neked. Találkoztál két rossz emberrel az életben, de ez még nem a történet vége. Csak két rossz fejezet. Még nagyon sok fejezet fog következni életed könyvében.

– De hát meg fogok halni!

– Persze! Egyszer biztosan, de nem most. Nem győzhet a rossz! Érted? Nem szerezheted meg neki azt az örömet, hogy feladod! Minden lépésednél Isten védő keze van a fejed felett. Ezt soha ne felejtsd el!

– De a hinta! A hinta, atyám...

– Milyen hinta?

– A hintát is le kellett vennem a tornácról. Azt mondta, útban van. De én úgy szeretek hintázni...

Itt elhallgatott. Sírva fakadt. Az atya megsimította a vállát.

– Menj haza, Sophie! Nyisd ki a kalitka ajtaját. De ne sokáig ácsorogj az ajtóban. Repülj ki rajta, hiszen már tudsz repülni.

Tizennegyedik fejezet

A napok csigalassúsággal teltek. Amikor még együtt éltünk az erdei kisházban, belevéstünk néhány szót a tornác oszlopába.

„Egyszer vége lesz"

Imádkoztam Istenhez, hogy juttassa Sophie eszébe e szavakat. Mint ahogyan vége lett a háborúnak, úgy vége lett az ő szenvedéseinek is.

Fél évvel később ott álltunk az erdőszéli kis háznál. Nem a mi erdőszéli kis házunknál, hanem egy másik kis háznál. Erőtlenül nyújtotta felém a kartondobozba csomagolt, kopott fahintát. Hideg volt. Odavittem a létrát a diófa ágához. Felmásztam rá, s felkötöttem a hintáját egy kinyúló ágra. Egy perccel később egy fatuskón ülve néztem, ahogyan hintázik. Kacagott újra. Hangosan. Csak úgy visszhangzott az erdő a nevetésétől. Azt hiszem, boldog volt. Újra annak a vörös, kócos hajú kislánynak láttam, akit Lily-Rose temetésén hintáztattam. Most sem tudtam eldönteni, hogy vajon megérti-e mindazt, ami körülötte, vele történik, vagy sem.

– Hát végeztünk, Mira. Ennyi az én történetem.

– Azt kötve hiszem, uram! – nézett nagy szemeivel rám Mira. – Tudja, édesapám egyszer mesélt nekem egy barátjáról. Egy férfiról, aki megmentette az életét a háborúban. Több mint hat kilométeren keresztül cipelte magával édesapámat, aki eszméletlen volt. Biztonságos helyre vitte. Ott lett orvos, aki ellátta a sérülését. Életben maradt. Miroslavnak hívták. Róla kaptam a Mira nevet. Azt mondják, ez a Miroslav női megfelelője. Magának mi a teljes neve, uram?

Nem válaszoltam, csak hosszasan figyeltem Mira kíváncsi tekintetét. Végül így szóltam:

– Nem fontos, Mira. Nem fontos, hogy mi a nevem.

– Hát, ha nem akarja elmondani, nekem az is jó. De legalább árulja el a története végét. Hiszen így nem tudom, hogy mit írjak a végére.

– Magam sem tudom, hogy mi a vége – motyogtam alig hallhatóan. – Mennem kell, Mira. Lemegyek a tóra, viszek egy takarót Sophie-nak, nehogy megfázzon.

– Elkísérhetem egy darabon, uram? Ha már úgyis a tó felé megy, mutatnék magának valamit.

Mira felkelt a padról. Bevitte a házba a füzetét, tollát. Behajtotta maga mögött az öreg tölgyfaajtót. Gondosan bezárta, majd a tornác fedlapja alá visszahelyezte a kulcsot. Összébb gombolta a kardigánját. Hűvös szél fújt. Mielőtt kilépett volna a tornácról, önkéntelenül felnézett az oszlop bal oldalára. Megsimította a belevésett betűket: „Egyszer vége lesz”.

Rám nézett és intett, hogy indulhatunk. Csendben sétáltunk egymás mellett, majd mielőtt elértük volna a tó partját, megállt a lány.

– Nézze, uram! Ezt a fát az öreg Milos bácsi ültette a halála előtt.

Közelebb sétáltam a fához, s amikor egészen közel voltam, vettem csak észre, hogy a tölgyfa aljánál egy tábla fekszik. Ez állt rajta:

„Egy igaz ember emlékére – G. M. T.”

A szemem megtelt könnyel. Mira úgy tett, mintha nem látta volna.

– Azt hiszem, uram, innen már egyedül kell mennie. Nekem sietnem kell haza, mert etetnem kell az állatokat. Nagyon örültem a találkozásnak. Siessen, mert fúj a szél. Azt hiszem, a kisasszony már fázik. Örülni fog a takarónak.

Én elindultam a tó felé, Mira pedig az erdő felé vette az útját. Még egyszer hátrafordult, majd így szólt:

– Uram, még egy szóra!

Megfordultam.

– Azt hiszem, az édesapja nagyon büszke volt magára.

Sarkon fordult, és eltűnt az erdőben.

Sophie kijött a tó vizéből. Köré tekertem a takarót. A szél egyre erősebben fújt.

– Fázol nagyon? – kérdeztem.

– Nem.

– Indulnunk kell!

– Csak még egy percre, kérlek...

– Nincs időnk, gyere! – Megfogtam a kezét. Magamhoz húztam, átöleltem. Szelíden kibontakozott az ölelésemből, hátrébb lépett egy lépést, majd így szólt:

– Emlékszel arra, amikor arról beszélgettünk, hogy álmomban láttam valakit, akivel együtt élek?

Bólintottam a fejemmel, hogy igen. Halkan folytatta:

– Én megtaláltam őt.

Itt elhallgatott. Mintha félt volna, vagy szégyellte volna magát. Nem tudtam eldönteni. Súlyos kő nehezedett a szívemre. Sokáig meg sem tudtam szólalni. Még egy lépést lépett hátra, majd így folytatta:

– Azt hiszem, én nem megyek veled. Meg szeretném próbálni vele.

– Nem tudok még egyszer érted jönni.

– Megértettem – válaszolta.

Figyeltem őt. Tudtam, hogy rosszul dönt, de nem tehettem semmit sem. Talán haragudott rám, hogy csak most tudtam jönni. Nem tudom, mit is érezhetett ebben a pillanatban. Talán már tényleg őt szerette...

Mira haját összekócolta a szél, mire hazaért. Sietve indult le az l. Tudta, hogy késésben van, hiszen elcsavarogta a napot. Rado érdes hangon kiabált ki a szobából:

– Gyere ide, te lány! Tüstént!

Mira beballagott a szobába. Leült az apja ágya mellé.

– Hol jártál?

– Csak a szomszéd háznál, apám.

– Ne menj annyiszor oda, mondtam már neked!

– De szeretem azt a házat, apám!

– Hagyd el ezt a butaságot, Mira! – szólt Rado.

– Apám, kérdeznék én valamit, ha megengedi.

– Persze, lányom, tessék.

– Apám, tudja, hogy mit jelent a nevem?

– Igen, Mira. A te neved azt jelenti, hogy *béke*.

Rado nagyot sóhajtott, majd így folytatta:

– Miroslav után kaptad a nevedet, aki megmentette az életem a háborúban. De ezt a történetet már ismered. Békét jelent, s a nevedhez méltó módon békét is hoztál az életünkbe.

– Apám, a Miroslav mit jelent?

– Békét az is. Azt jelenti, hogy béke.

Ezek után csend következett. Hosszú, percekig tartó néma csend. Majd Mira így szólt:

– Apám, ma volt itt két idegen ember. A régi, romos háznál, ott túl.

– Mifélék, Mira?

– Tisztességes embernek tűntek. A kisasszony lement a tóra úszni. A férfi beszélt pár szót velem.

– Hogy néztek ki? – kíváncsiskodott Rado.

– A kisasszony vörös hajú volt, az úr pedig nagyon magas. Apám, mi történt azokkal az emberekkel, akik a szomszéd házban laktak?

– Mondtam már, te lány, hogy a férfi régen meghalt! – mordult fel Rado.

– Igen, apám, mondta, de soha nem mesélte el, hogy hogyan.

Rado néhány másodpercre az emlékeibe révedt.

– Igazad van, Mira. Igazad van. Ne haragudj, hogy olyan hirtelen szóltam hozzád... A háború már véget ért. Hazajöttünk végre. Azt gondoltuk, új életet tudunk kezdeni. Én arról álmodtam, hogy egyszer lesz egy lányom, Gorán pedig arról álmodott, hogy újra Sophie-val legyen. De az emlékek kísértettek bennünket. Nem tudtunk szabadulni tőlük. December volt. Láttam, ahogyan Gorán fát vág a kút mellett. Sophie ott ült takaróba burkolózva egy farönkön. Szokatlanul meleg volt az idő az évszakhoz képest. Átsétáltam hozzájuk. Gondoltam, segítek. Váltottunk pár szót, megkérdeztem, segíthetek-e. Gorán szívesen fogadta a segítségem. Mondtam, hazamegyek a saját fejszémért, pár perc és megfordulok. Ahogy távolodtam tőlük, hallottam, hogy beszélgetnek. Gorán így szólt:

– Sophie, meg tudsz nekem bocsájtani?

Sophie pedig gondolkodás nélkül válaszolta:

– Bármit.

– Jó. Az jó. Akkor menj be szépen a házba, kérlek.

– Miért?

– Ne kérdezősködj, csak menj!

Lövés hangja hasított a fülembe. Hátrafordultam. Sophie tiszta vér volt. Ott állt a kút mellett. Nem értettem, mi történt. Futottam vissza. S akkor láttam meg...

– Mit, apám? Mit látott? – kérdezte Mira egyre türelmetlenebbül.

– Gorán ott feküdt a kútnál. Sophie életében először nem hallgatott rá. Elindult ugyan a ház felé, de talán megérezte a közelgő veszélyt, s visszafordult. Rosszkor. Akkor fordult vissza, amikor Gorán... Láttam, ahogy az öreg Milos is fut a ház felé a beteg lábaival. Messziről kiabálta, hogy Sophie jól van-e. Mire a kúthoz értünk, Sophie ott ült Gorán mellett. Úgy szorította magához, mintha soha nem akarná elengedni. Milos lihegve kérdezte, hogy mi történt. Sophie hideg, közönyös hangon mondta:

– Gorán fejbe lőtte magát.

Milos nagyot sóhajtott.

– Istenem... azt hittem, hogy téged lőtt le.

Órákig ültek a kútnál. Nem értette meg Sophie, hogy el kell őt engednie. Végül megegyeztek Milossal, hogy Gorán nem halt meg, csak elment a tündérekhez.

Rado befejezte a történetet. Mira nehezen szólalt meg.

– Apám, nem lehet, hogy téved?

– Nem, Mira, sajnos nem tévedek.

– Megmondaná nekem Gorán nevét?

– Persze, lányom. Gorán Miroslav Tomic.

– G. M. T. Jól gondoltam. Ő volt az, aki apámat a háborúban...

Rado a könnyeivel küszködött. Mira nem tudta, hogy folytassa-e vagy sem a történetet. Végül így szólt:

– Apám! Azt hiszem, Gorán ma itt járt a háznál... Sophie-val.

Rado meredten nézte a lányt. Nem kételkedett a szavaiban. Percek teltek el szótlanul.

– Apám, nem mond semmit?

Rado csak a fejét rázta.

– Mit mondhatnék, Mira? Ha ma itt járt Gorán, akkor bizonyosan a pokolból jött vissza a szerelméért.

– Miért a pokolból?

– Azért, Mira, mert a gyilkosok a pokolba kerülnek.

– De hát apám, hiszen megmentette a maga életét is. Ha maga meghal, én sem lennék! S még nagyon sok ember életét mentette meg a háborúban! – csattant fel Mira.

– Ebben igazad van, gyermekem. Tudod, sokszor csak megítélés kérdése, hogy ki a gyilkos és ki a hős.

– Majd imádkozom Istenhez, hogy most az egyszer kivételt tegyen – motyogta Mira.

– Tedd azt, lányom. Én is ezt teszem már húsz éve.

– Mennem kell megetetni az állatokat.

– Még egy szóra, Mira. Egy nagyon fontos dolgot tanulj meg, kérlek!

– Igen, apám.

– Nagyon fontos, hogy ha az ember meghal, ne békétlenséget, hanem szeretetet hagyjon maga után.

– Ahogyan Gorán tette, apám?

– Igen... ahogyan ő tette.

Ajánlom a könyvet örök szerelemmel
Gorán Miroslav Tomic emlékére.

A könyv kiadását a

közműtervezés, kivitelezés
Tel.: +36-30/400-91-90
e-mail: tornaitomi72@gmail.com

támogatta.

HERZ FÜR AUTOREN A HEART FOR AUTHORS À L'ÉCOUTE DES AUTEURS MIA KAPΔIA ΓIA ΣYΓΓPA
HJÄRTA FÖR FÖRFATTARE UN CORAZÓN POR LOS AUTORES YAZARLARIMIZA GÖNÜL VERELIM SZÍVÜ
RE PER AUTORI ET HJERTE FOR FORFATTERE EEN HART VOOR SCHRIJVERS TEMOS OS AUTOR
ZÖINKÉRT SERCE DLA AUTORÓW EIN HERZ FÜR AUTOREN A HEART FOR AUTHORS À L'ÉCOUTE
RAÇÃO BCEЙ ДУШОЙ K ABTOPAM ETT HJÄRTA FÖR FÖRFATTARE Á LA ESCUCHA DE LOS AUTORE
AUTEURS MIA KAPΔIA ΓIA ΣYΓΓPAΦEIΣ UN CUORE PER AUTORI ET HJERTE FOR FORFATTERE EEN HA
ARLARIMIZA GÖNÜ ET SZERZŐINKÉRT SERCE DLA AUTORÓW EIN HERZ FÜR A
OR SCHRIJVERS TE O CORAÇÃO BCEЙ ДУШОЙ K ABTOPAM ETT HJÄRTA FÖR

A szerző

Egy éjjelen az Isten játékos kedvében
volt s furcsa játékot játszott velünk,
még mi békésen aludtunk, addig ő
az összetartozás láthatatlan fonalával
köttette össze kezünk, lábunk s szívünk.

FOR FORFATTERE EEN HART VOOR SCHRIJVERS TEMO
ROW EIN HERZ FÜR AUTOREN A HEART FOR AUTHORS
M ETT HJÄRTA FÖR FÖRFATTARE Á LA ESCUCHA DE LOS AUTORES YAZARLARIMIZA
EIΣ UN CUORE PER AUTORI ET HJERTE FOR ORFATTERE EEN HART VOOR SCHRIJVERS
UNKET SZERZŐINKÉRT SERCE DLA AUTORÓW EIN HERZ FÜR AUTOREN A HEART FOR AU
RES NO CORAÇÃO ВСЕЙ ДУШОЙ К АВТОРАМ ETT HJÄRTA FÖR FÖRFATTARE UN CORAZÓN
UTE DES AUTEURS MIA UN CUORE PER AUTORI ET HJERTE FOR FOR
RES YAZARLARIMIZA KET SZERZŐINKÉRT SERCEDLA AUTORÓW

novum 🦆 KIADÓ A SZERZŐKÉRT

A kiadó

Aki feladja,
hogy jobbá váljon,
feladta,
hogy jobb legyen!

E mottó alapján a novum publishing kiadó célja az
új kéziratok felkutatása, megjelentetése, és szerzőik
hosszútávú segítése. Az 1997-ben alapított, többszörösen
kitüntetett kiadó az egyik legjelentősebb, újdonsült
szerzőkre specializálódott kiadónak számít többek között
Ausztriában, Németországban és Svájcban.

**Valamennyi új kézirat rövid időn belül egy
ingyenes, kötelezettségek nélküli kiadói
véleményezésen esik át.**

További információkat a kiadóról és a könyvekről az
alábbi oldalon talál:

w w w . n o v u m p u b l i s h i n g . h u

EIN HERZ FÜR AUTOREN A HEART F SCHRIJVERS **novum** KIADÓ A SZERZŐKÉRT
HARTA FÖR FÖRFATTARE UN CORART FOR AUT
ORE PER AUTORI ET HJERTE F Á LA ESCUCHA DE LOS AUTORES YAZARLARIMIZA
RZŐINKÉRT SERCE DLA AUTJERTE FOR ORFATTERE EEN HART VOOR SCHRIJVERS TEM
RAÇÃO BCEЙ ДУШОЙ K ABTOFA AUTORÓW EIN HERZ FÜR AUTOREN A HEART FOR AUTH
EURS MIA ΚΑΡΔΙΑ ΓΙΑ ΣΥΓΓΡ K ABTOPAM ETT HJÄRTA FÖR FÖRFATTARE UN CORAZON
ARLARIMIZA GÖNÜL VERELA ΓΙΑ ΣΥΓΓΡΑΦΕΙΣ UN CUORE PER AUTORI ET HJERTE FOR FÖRFA
R SCHRIJVERS TEMOS OSVERELIM SZÍVÜNKET SZERZŐINKÉRT SERCEDLA AUTORÓW EIN HERZ

Értékelje
ezt a könyvet
honlapunkon!

w w w . n o v u m p u b l i s h i n g . h u